李潼作品集

望天丘

李潼⊙著

目次

遊子（自序）

一

我在一九七〇年代參與台灣校園民歌創作，結識一位才華洋溢的詞、曲創作及演唱皆出色的夥伴蘇來。在我們合作〈月琴〉這首迄今仍傳唱的歌曲之前，我對他創作的〈浮雲遊子〉以及譜自鄭愁予詩作的〈偈〉，早已耳目開啓，深感動聽和動心。

浮雲的遊子情懷，貫串到〈偈〉的「不再流浪了，我不願做空間的歌者，寧願是時間的石人，然而，我又是宇宙的遊子……」，在高曠音域的唱誦中對生命寄旅的古往今來，對時間長河的遠年當下，也漸次唱出了發想，逐層念出了感悟。

果是這般：人的身軀，人的心靈，總是移動遊蕩；從這裡到那邊，自此堤到彼岸，穿過這境地登臨那界域，我們以時光歲月為無形載具，眞教世間遊子人人是。

二

《望天丘》是噶瑪蘭三部曲的第二部，也就是以漢人移民為主軸的愛恨情仇。第一部則是平埔族噶瑪蘭人悲歡離合的《少年噶瑪蘭》。它們的題旨底蘊，其實都是遊子二字；它們所訴說的情懷，無非是時空遊走中的當下把握及遺憾種種。

我以《少年噶瑪蘭》迎接自己的四十歲；當時早已構思成第二部的《望天丘》及第三部以百年泰雅族滄桑歌謠的《南澳公主》雛形。沒想到仍以《望天丘》讓自己站上半百年歲的山頭；足足已過十年。

啊！仍以遊子情懷為題旨底蘊的《南澳公主》，難道也得在我六十歲問世嗎？

三

我理解的遊子情懷，並沒太多浪漫，反倒伴隨歲月增長（或消逝），遊子的認知更明晰，情懷中更多的是疼惜、不捨、寬諒與當下的把握。

年輕時曾隨海軍艦艇服役澎湖測天島。那裡的碼頭，因低矮稀疏的木麻黃叢和四時不歇的疾風，不免荒寂平凡。可因誰人為它取了「測天」的島名，它的境界從此不凡；只要稍具想像、薄具生命美感的人，都會從「測天」兩字，讓荒寂讀出遼廣無際，將涼漠釋出獨在無拘，讓自己在海天之間，演繹出節奏分明的生命步履。

讀過一首名爲〈天問〉的詩作，作者姓名已佚失，出處亦遺忘，詩句也早模糊。卻隱約仍記得它以文字朗誦的腔調和詩文情調：一種坦然磊落和勤懇多情的風格，對蒼穹的仰天大問。

四

二〇〇〇年整年心思，多半放在《望天丘》的長篇寫作。撰稿期間，聽得最多的曲樂，是風潮楊錦聰創作的〈遇見天空〉。

有著進行曲曲式的〈遇見天空〉，展示了乍見一方天光的驚喜，在不見已久的茫然，又重新發現的一抹靈光，展望了寬敞無垠的可讀、可感和可以暢快對話。

在〈遇見天空〉悠揚陪伴，《望天丘》的遊子情懷亦舒展得順利。篇幅一再擴增，超過十四萬字仍可再寫下去，連載發表的國語日報少年版都換過兩位主編，《望天丘》卻仍望之不盡。

一如噶瑪蘭三部曲首部的《少年噶瑪蘭》附錄未完的尾聲記事，《望天丘》仍可無限伸展的結局，我同樣以「餘音——望天丘迴旋曲」摘要條列。

餘音拾遺完成後，我信手在紙上寫了一句話：蒼穹無字，所以望天以浮雲爲頁，翻看不盡。祝福天下遊子當下把握，身心皆輕安。

二〇〇三年．羊年元宵．蓬萊碾字坊

作者手跡

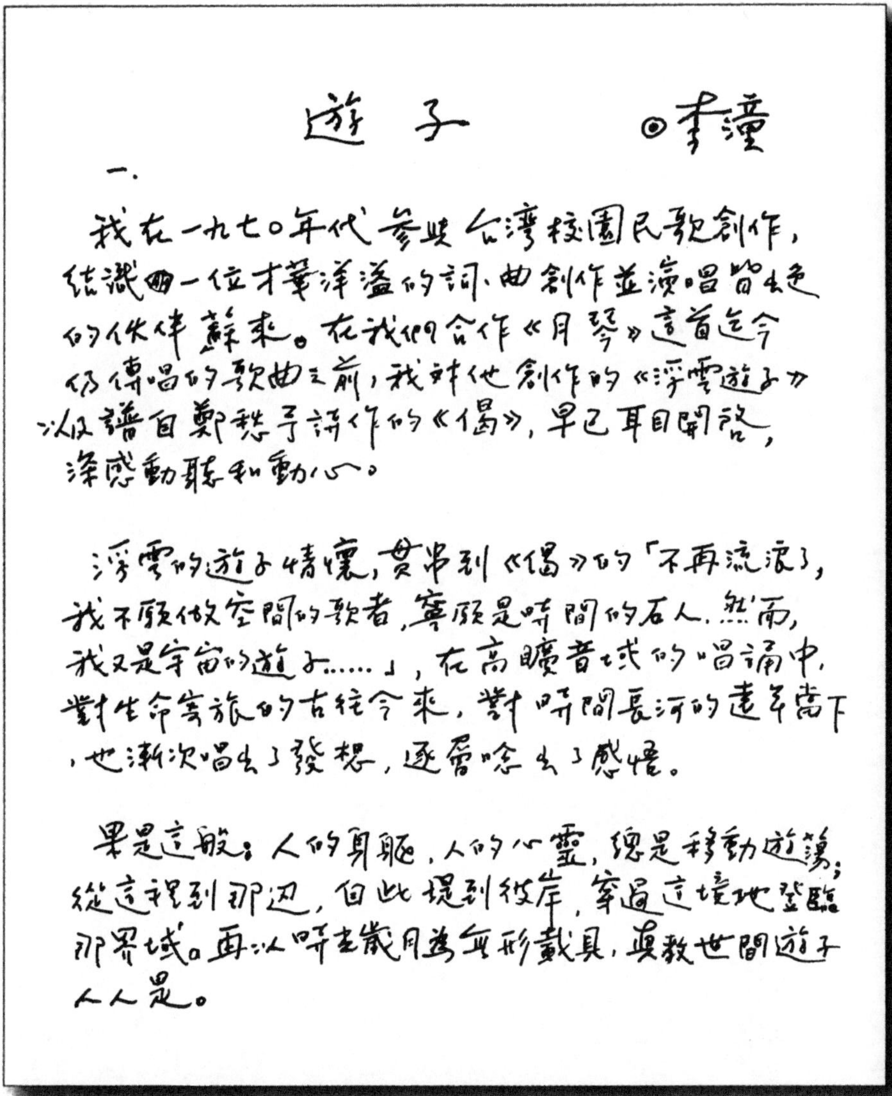

遊子　◎李潼

一、

我在一九七〇年代參與台灣校園民歌創作，結識一位才華洋溢的詞、曲創作並演唱皆出色的伙伴蘇來。在我們合作《月琴》這首迄今仍傳唱的歌曲之前，我對他創作的《浮雲遊子》以及譜自鄭愁予詩作的《偈》，早已耳目開啟，深感動聽和動心。

浮雲的遊子情懷，貫串到《偈》的「不再流浪了，我不願做空間的歌者，寧願是時間的石人。然而，我又是宇宙的遊子……」，在高曠音域的唱誦中，對生命寄旅的古往今來，對時間長河的遠年當下，也漸次唱出了發想，逐層唸出了感悟。

果是這般：人的身軀，人的心靈，總是移動遊蕩；從這裡到那邊，自此堤到彼岸，穿過這境地登臨那界域。再以時光歲月為無形載具，真教世間遊子人人是。

第一章　來自雲天深處的召喚

⊗天罡星水晶人的腹語心音：

梅，讓我們這樣稱呼妳，就像妳的親朋好友這樣叫喚妳。

我們喜歡「梅」這個音，叫起來格外親切。梅花鹿和梅子樹都是我們帶來繁殖的，還有梅莉史翠普、梅爾吉勃遜①和梅蘭芳這些出色的地球演員，也都是從我們那裡來的人（妳可能比較熟悉的那位金素梅，有點像，但她不是）。所以，妳知，「梅」這美麗的音，是我們美麗的記號之一；獲選來我們飛行船的人，在身上某一處，也留下了一小朵梅花記號。

神奇吧，神奇得有點好笑？

我們要問：「梅，信不信，由妳。妳是否確定妳看見了飛行船？妳敢相信陳穎川說的那些妳不會看見的人事物？妳怎麼在親眼看見或不見的想像裡，選擇妳的確信、懷疑和否定呢？」

許多人不信妳看見的一切，那超過他們的經驗或想像太多。這裡的相信或不信，還在虛假或真實之外。也許，妳親眼看見的景象，通過個別的認知，有了不同形貌；再經過妳的敘述，又變換了樣態。就像十個人同看一件人事物，也會看出不同，看出相互猜疑的真與假。

梅，請聽我說：包括我們天罡星的水晶人在內，這宇宙的生物，張開眼睛，便在確信和疑慮間不斷選擇，常在誤解和寬諒間不停思索，總在情愛和怨恨間不止地循環。在這難解糾葛中，只有全心的自信與信任、全力的期望與勇氣和全神的愛與被愛，才能自我完成，才能脫困，才可能去幫助別人。

望天丘頂的飛行船是這樣。

陳穎川和方向來去的行蹤是這樣。

妳爸媽和家人的紛爭也是這樣。

妳聽到的北管福祿派和西皮派[2]樂工械鬥七十年的故事，更是這樣。

妳拍攝的《二十世紀最後的夏天》紀錄片是這樣。

所有生物的悲歡離合，都是這樣。

我們的飛碟帶回陳穎川，並沒帶走方向，你們的確信和不信，卻正相反。這種種古往今來的變化，有趣了，我們將一路看下去，在一個不近不遠的半空，以你們能感覺的方式伴隨著，不介入你們的生命歷程，除非，你們失去了好的想法，不能做對的事，我們才會適時現身。

微雨飄飛，落一陣、歇一陣。

巴比倫颱風橫掃過的羅東運動公園，夜黑後，一片青幽幽。挺過狂風沒倒的水銀燈，夾在枝葉稀疏的黑板樹間，光暈照不遠，像躲閃在飛雲間的月，給蒸浮的水氣濛出忽亮忽暗的銀光。

梅和陳穎川各提一把傘，又回到運動公園。梅背紅背包徒步，陳穎川騎單輪孔明車③，他們穿行在白蠟樹夾道的中央軸道，不說話。長長軸道坡頂，和跨過水池坡底，遙遙相對的各矗立一塊中切剖開的雪白石灰岩。石縫底部有投射燈，朝空射出兩道強光，淋溼的中央軸道於是輝映成一條波光閃爍的河。

筆直斜坡兩頭西白虎石座的朝空強光，正是我們天罡星水晶人飛行船降落望天丘的引導燈；連同網球場東青龍山丘頂另一盞強光，三燈一線，是我們校正方位的地標。

梅和陳穎川繞過仙丹花叢，向望天丘斜坡道走去。

一叢叢仙丹花開得火紅，在細雨停歇的月夜，仍一片赤豔。巴比倫颱風掃落紅花，鋪在坡道，像結婚典禮的迎賓紅氈，踩踏上去，柔柔軟軟，有了幸福的喜氣。

梅小心走著，想到新郎和新娘並肩行進的婚禮，覺得一陣酥熱從脖頸上升，拂上臉頰，游過耳根，在頭頂盤旋。她走得慢，這行走紅氈的感覺越濃，她於是停步，梳攏頭髮，從背包取出攝影機，問說：

「你怎確定飛碟今晚會來？兩次沒等到一個影，那感覺也不太準。公園沒半個人，我們來這裡一直走，一直等，人家看了奇怪。」

「多謝妳肯來陪我。這遍感覺特別強烈，我相信它們會來；若無出現，一定有不得已苦衷。它們會將殼仔絃還我，把方向也帶回來。」陳穎川仰看望天丘，左顧右盼，巡視夜空。他眞以爲來路不明的飛碟會瞬間出現，專程送回他的殼仔絃，和那個名叫方向的少年。

「幾天了？」梅說：「還習慣？」

陳穎川收拾雨傘，抖甩雨漬，一甩再甩，索性拄抵傘柄，蹲下。他蹲在仙丹花叢邊，像疲累旅人，蹲下來觀察去向，乘機歇息，「正好兩個月，六十天了。過得好快，回頭看日子，眞是快，快得不敢想未來。」陳穎川歎一口大氣，笑說：「這句話是妳還是林楝說的——『歎息是爲了吸更大一口氣。』這些天，好像一直講不停，不小心就歎氣；好像一直有事忙，心頭沒那麼浮動。只是，無親無故一個人，未來日子實在不敢想。」

「大樹腳那些老阿公和我們，都愛聽你講古，說你講得半眞半假，但有頭有尾。」梅笑說：「外公和巴黎回來的簡珍珍大姊，還很相信你講的故事，林棟和簡秀秀也聽得有趣。你又那麼會做菜，外公看不見，聞一下、吃兩口，也說『古早味，第一讚』。奇怪，欣賞你的人不是很老就是很遠來的，像拉芙爾，只會講菲律賓英語，河洛話沒聽懂幾句，看到你就笑。要不就像我小弟和簡秀秀，都是那種電動遊戲玩過頭，整天新絕代雙驕、暗黑破壞神的人。他們比你的親人生疏？」梅開動攝影機，對準陳穎川。

陳穎川旋轉傘柄，仰頭望天，挺胸舒氣。

他伸直雙臂，以傘柄做軸心，蹲繞著它旋轉，像探索夜空的雷達，一轉再轉。他說：「這遍轉來，實在太久，林棟幫我算過，說是已過一百三十年，我卻只有十七歲，啊！十七歲的今之古人。有人不嫌棄，我就該滿足了；有人肯聽我講，就算聽講古、聽趣味，也好過沒人睬。」又說：「拉芙爾很和氣，做事好手腳，她見誰都笑咪咪，若言語會通，槍櫃城內沒幾位姑娘能和她相比。拉芙爾的體態形影，和陳輝少爺的夫人三分同款。」

「你才來兩個月就知這麼多？什麼跟誰相比，什麼三分、五分！再過幾天，我就要開學上課，你自己要注意一點。」攝影機的監視畫面，在暗夜仍清晰可見，只少了原有的色彩。

「注意什麼？」

「我怎知？你跟小弟說拉芙爾有蔗汁黑糖[4]氣味。」

眼盲外公心不盲

拉芙爾是菲律賓來的外籍女傭，長得黑甜嬌美，愛笑，言語不通都夠俏了，要能通，不知多活潑。前個照顧外公的茄瑞，兩年任滿回去，換來這個拉芙爾，又做了一年。拉芙爾專職打掃、洗衣、煮飯和帶眼盲的外公四處散步，這工作，累也累、忙也忙，拉芙爾似乎樂在其中，整天笑咪咪，還唱歌。

不認路的拉芙爾和眼盲的外公出門，到底誰帶誰？兩人言語不通，他們透過某種神祕的溝通，卻能準確去到外公想去的所在：拱照村內大樹腳、長青活動中心、顯微宮大廟和外公所有老朋友的家；每次都「快快樂樂出門，平平安安回家」，這是外公說的。

拉芙爾的歌藝，遠不如她放聲演唱的勇氣。她有事沒事，不論走著、笑著或躺著，猛不防就來一段菲律賓土著民謠、英文歌或新學的電視連續劇《不了情》主題曲，或不知何處聽來的台灣歌。她輕俏地開懷唱來、深情依依地悠揚唱來，唱得歌聲滿村莊，也唱出她的知名度。

梅的外公說：「這拉芙爾唱啥無要緊，聽歌是聽心情啦。伊離開故鄉出國討生活，普通人也聽得出伊唱的是懷念的深情、思慕的心聲，當然也有少女的痴迷。拉芙爾人巧又活潑，莊頭莊尾給伊走一回，什麼巷路、什麼坑縫都記得。伊學什麼都快，就是煮食不合我口味，佳哉⑤來了這個穎川，煮的『古早味，第一讚』。拉芙爾若肯跟伊學，三個月就能出師做總鋪⑥，辦桌請我們長青活動中心的老友享用。」外公又說：「長壽俱樂部的北管樂團，長久缺一名主唱。我們這些老的吹打合奏是馬馬虎虎，真正要演唱，中氣就不足了；拉芙爾若來當主唱，想是不錯。再加十八般武藝樣樣通的穎川，咱拱照村樂團過半年可以出團和人拚館了。」

拚館就是捉對評比競賽。眼盲的外公還有這麼高鬥志，若他雙眼明亮，還得了？外婆去世那年底，外公罹患青光眼，六十九歲就眼盲。他似乎也不怨嗟，反說是外婆不希望他「黑白看，惹是非」，是她過世順便安排好的。五年來，外公行動不便利，聽力卻更靈敏；人不蒼老，反更精明。

梅的爸媽離婚，小弟林棟跟爸住羅東，梅跟媽回三星拱照村外公家，說是可以就近照顧眼盲的外公。看不見的外公不直問，彎彎曲曲的言談裡，似乎都清楚了。

後頸髮根下的粉紅微光

「你還沒展露幾樣功夫，阿公就說你十八般武藝樣樣通，要你陪他到處亮相，以前有拉芙爾陪他，現在又加你一個，阿公可開心了。」梅說：「你的好人緣，他也看不見，到底你用了什麼法術，連我們的秋田狗阿凱都對你好。」

陳穎川停止轉動，變魔術似地在傘布內抽出一截圓木棍；腕臂粗的木棍越抽越長，居然長過手臂。他笑問：「妳有沒聞到醋酸的氣味？」

昏暗夜色下，梅的攝影機瞄看陳穎川細巧的手指，看他將圓木棍擺在腳邊，看他又伸手到傘布內，緩緩抽出另一截圓木棍。她閒閒問說：「這裡怎會有醋酸味？」想著陳穎川在拱照村的好人緣，他廣受老輩歡迎、受年少輩好奇的熱況，隱隱又有些不安；一個來路不明的人，一旦受注意，福禍都不定。

陳穎川大笑：「妳自己聞不到。」

「說什麼？你到底說什麼？這麼好笑。」梅想到自己十歲那年跟媽回外公家，五年來，沒人嫌棄，卻總過得閃閃躲躲。轉學到大隱國小，以第一名畢業，仍自覺像個隱形人。羅東國中三年，成績保持前三名，在學校怎又老是畏畏縮縮，一副自己看了也厭煩的模樣。三年來，能談上話的，只有方向和簡秀秀，還有升上國中才常見面的小弟林棟。

沒人緣或好人緣，該和看得見的長相形貌、行為態度有關。梅想自己的身材和五官雖不出色，看來也算順眼；言行舉止雖不幽默機智，也不至於脫線突槌⑦或索然無味，但怎麼在村裡、家裡像個透明人，在學校、在班上像個可有可無的人？

陳穎川的身材高挺，眉目都清朗。他看人的無畏眼神，總帶笑意，不說話的脣角雙頭翹，開口了，從他白牙鑽出來的話語，更是加倍好聽。奇怪的是，眼盲的外公看不見這些，怎也對他比親孫還親？

其他眼明的人，看他待人謙恭有禮，會拉胡琴、會唱歌、會下廚做菜，還會講「半眞半假卻有頭有尾」的故事，所以對他特別好。陳穎川的好人緣，除此之外，還有什麼呢？梅想：陳穎川的謙恭有禮，其實也不準。有人在異地和陌生人交往，總是這樣，等到門熟路熟，和人處熟了，又是另個姿態，說不定那才是眞情本性的原樣！

陳穎川儘管有十八般武藝，他那雙細巧得有些女孩氣的雙手，還是藏不住的缺點！梅想著，猛然想通他說的「醋酸味」，不禁懊惱：這人眞膽大，敢說誰吃他的醋！好，攝影機鏡頭就定在他雙手，看他懂不懂遮醜？

梅來不及發火，看陳穎川細巧的雙手，從傘布內又掏出兩塊木板和兩條繩帶，讓人看得直想笑。她知陳穎川要做什麼，只沒想到一把雨傘交到他手上，能藏這麼多東西；要是他再從傘布內掏出一只燈籠或一隻活生生的雞，也不是太奇怪的事了。

陳穎川三兩下將木棍和木板組裝成一雙高蹺，綁在腳掌，說：「想陪妳去看妳阿爹，也可以去找林棟；十幾天沒見到他，有些思念，想煮一鍋金針米粉羹請他吃，順便炸一盤龍鳳腿，他愛吃。」

梅不接話，岔開話題問說：「你知方向一定會給帶回來？」

「只要你阿爹、阿娘沒再娶再嫁，總有復合機會；我是說你爹娘也沒什麼深仇大恨。你和林棟的姊弟情分，不要生疏才好。」陳穎川倏地彈立起來，踩在高蹺上，像一尊巨人；行動像頑皮少年，口氣又像世故老人的巨人。

梅還是不想搭腔，問說：「飛碟眞又找到你，送回方向和你的殼仔絃，你會想跟它們走？不惦念和我們相識的這段情分，說走就走？」

陳穎川大步向望天丘斜坡踩去，身影更加高大。他每一跨步，身影俯仰搖晃，卻步步高升，看得人爲他緊張。他似乎自有估計、自有打量，斜坡鋪地的網孔軟墊，眞難不倒他？梅的攝影機追蹤他身影上山。

梅又看見望天丘西北方的萬長春水壩⑧夜空，閃出一道白光，踩高蹺的陳穎川後頸髮根下，也回應似地閃爍了三次粉紅微光。

想到閃電，想到踩高蹺的陳穎川走上望天丘，不就成了導電的避雷針？梅三兩步衝去大斜坡，抓住陳穎川腰帶，掇拉住他。陳穎川一仰身，蹬坐在地，叫問：「做啥？林梅！」他套綁著高蹺的雙腳凌空踢踹，整個身體壓滾過梅，翻身坐起，還想站立。

梅望見萬長春水壩夜空，層層湧動翻滾的雲，雲中現出一輪光暈，迸發陣陣閃光。她這時想到的是：那群不明飛行物又回來了？那群一大三中三小的銅鑼幽浮果眞又回來了？那架帶來陳穎川又帶走方向的大飛碟又要在望天丘降落了？

梅三兩下拔脫掉陳穎川的高蹺，扔去坡底的仙丹花叢，從背包掏出那只錫杯⑨，罩住陳穎川的後頸髮根，拖他往回跑。

兩把雨傘留在望天丘底的仙丹花叢旁。梅像押解人犯又像救護傷患，她用錫杯壓著陳穎川後頸，跑過光波閃爍的中央軸道，轉過籃球場，來到游泳池入口的遊客服務中心。

他們躲在五彩水晶球鑲壁的牆角，在長木椅蜷縮擠靠。錫杯尖銳的杯口，割得陳穎川的後頸發痛，他直叫問：「做啥啦？梅！他們快回來了。」

小巧的攝影機掛在梅脖子下，撞得她胸口痛。

天罡星水晶人的腹語心音：

那只厚實銀亮的錫杯，是梅的爸爸帶團到馬來西亞旅遊買回來的工藝品，誰告訴她，這錫杯能擋住我們植在陳穎川後頸的追蹤晶片？

這錫杯是她老爸五年前送的紀念品，她以爲這就有特異功能？

若陳穎川讓人開刀把後頸晶片取出，我們可能一時找不到他。據我們了解，他還沒這意願，要不，上一次踩高蹺摔暈過去，羅東博愛醫院醫生照X光發現，要幫他取出，他爲什麼拒絕？

他想和我們保持聯繫。

我們不會沒事回來找他，他若不方便，不管他自己牽掛不下或旁人不捨，我們都可以等。在浩瀚的時空遊走，我們是宇宙的遊子，珍惜每一次相會的機緣，但不宜強力聚首，勉強挽留。

在無盡的銀河往來，我們看過無數星球；寶藍色的地球，眞是一顆美麗又蘊藏豐富的星球。我們想不通，有情的地球人怎有那麼多無情殺戮？幸運的地球人何以有那麼多相互踐踏的不幸？你們的作爲，常在毀滅自己和毀滅星球的邊緣遊走。

我們眞不捨，才迢迢派一群你們說的外星人化身爲地球人，並培植一些優秀的地球人，影響這美麗星球的幸運人，讓你們能有好的想法，做對的事；有善良的想法，做慈悲的事；有長遠的想法，做創造光明的事。

好事不論大小，我們都不放棄。我們的任務難以達成，所以更要一直做。假若寶藍色的地球，因戰爭、因資源運用不當、因多數的地球人相互仇恨，改變這星球的磁場，改變了運行軌道，我們也將遭殃；將在混亂的宇宙，成了無所停歇與寄望的眞正遊子。

對，我們是有責任的。

我們不是先知，不是全能者，我們只是進化不同或更早的外星人。我們明白和平競爭的可貴，更珍惜合作攜手的機會。若有人以爲我們太自大驕傲，那是因他太自卑怯懦。

注釋：

①美國好萊塢演員。

②流行於福建的樂曲流派。福祿派特徵爲葫蘆形共鳴箱，西皮派則有蛇皮共鳴箱。

③形狀如馬戲團單輪單座腳踏車。

④以白甘蔗爲原料，搾汁熬煮而成的褐黑粗糖。

⑤河洛話，幸好。

⑥大廚師，或外燴大掌廚。

⑦少根筋、離譜。

⑧萬長春爲地名、一攔水壩。

⑨馬克杯型純錫雕花杯身，馬來西亞名產。

第二章　流落故鄉的今之古人

那是兩個月前，二○○○年六月廿七日，也是細雨紛飛的羅東夜，十點二十三分。

梅在羅東運動公園，親眼看見一架銅鑼小幽浮就要降落，那樣圓團團覆蓋在望天丘頂。

另一群來路不明的飛行物，停在園外西北方萬長春水壩半空：超級大幽浮居中，三架中幽浮在後守衛，兩架小幽浮在前，排成很有威力又好看的箭頭陣勢。它們監視著小幽浮降落望天丘，像一組七件擦拭得晶亮的鍋蓋、瓷碟或銅鑼，在天星閃爍的夜幕櫥窗展示。

微雨還在飄落，那些天星怎麼出現的？不明飛行物停住的半空，雲層向八方翻滾湧動，在夜空掀開了一扇圓形天窗。

它們嘶嘶嘶地低鳴，比夏蟬鳴唱聲弱，比電線杆頂的變壓器響亮，聲響綿密不斷，又像吸塵器。梅全身寒毛豎起，脖頸和兩頰的雞皮疙瘩繃得發癢，再聽見公園內五、六頭流浪狗奔竄狂吠，成群逃得老遠，她兩臂的雞皮疙瘩「唰」地也起來了。

梅沒逃，竟高舉雨傘。

眼前的景象，太龐大、太逼真、也太科幻，就像史蒂芬史匹柏導演的科幻電影或電動恐龍現形，讓人在暗漆漆的戲院受到震撼，只能不斷告訴自己：「是假的！這是聰明人變出來的把戲，電源關閉，就會消失！」

梅使勁按壓雨傘彈簧扣，一按再按，彷彿這麼按壓，便能喀嚓按掉這群不明飛行物。她換將傘尖對準降落望天丘頂的銅鑼幽浮，按電視選台器那樣一按再按，讓它倏地消失不見。

她想到背包裡的錫杯和手電筒，想它們總該有些用處。平日背著它們到處走，很少派上用場，這時，還是不知怎麼用；沒事砸錫杯去試驗它們，或舉手電筒照射它們，恐怕都不合適吧？

梅在望天丘底的仙丹花叢蹲下，悄悄又完美地將黑雨傘撐成防衛幕。雨停了，西北方那朵亮白的濃雲不見，夜空格外澄淨，彎月和天星都出來了。

棒球場和田徑場那頭的燈光忽然熄滅，梅看了一眼手錶：十點二十三分。

幽浮降臨羅東運動公園

不久前的春假，畢業班旅行，路過中正機場，在航空博物館看到的正是「幽浮特展」。當時閒閒看著奇形怪狀的幽浮，那些模糊照片裡的不明飛行物，有紡錘型、回力鏢型、鋼筆型，也有現在這款兩只銅鑼合蓋起來的普及型。當時只有的沒的瞄著，瞄得半信半疑，想不出自己會親眼看見的可能，當然不會有這種和飛碟們約定似的期待。

即將降落的銅鑼幽浮，腹肚中心射出一道水銀光束，光束照在望天丘山腳另一頭，順沿高陸木棧階梯移動上來。

這陣掃射過後，它從亮滑的圓邊又射出六道黃色光柱，在蘭陽泉、烏龜涼亭和大蚌水池左右交叉探照，地氈式搜索。

梅蹲在雨傘後瞄看，她深吸一口大氣，像吸取她在地球的最後一口氣，一口飽含青草香的空氣。中央軸道路燈和籃球場水銀燈也熄了。她想起幾年前看過的電影《侏羅紀公園》，那幾個被恐龍抓到的倒楣人，就因沉不住氣地亂衝亂闖，才會被發現、被捕抓、被折磨得半死。

方向眞有來望天丘騎腳踏車？

要是他眞在丘頂的窪谷，怎沒即時衝出來？方向是很機警的人，《侏羅紀公園》兩人同去看的，他也會想到不能亂跑亂逃吧？他該不會笨得那款吧？

發光銅鑼小幽浮移到望天丘正中央，收回交叉搜索的黃色探照燈。它肚臍那道水銀光，變成五樓高的圓筒光柱，直直抵住窪谷鐵柵圓蓋。它沉一下，浮上來，又快速沉下去。

梅看見窪谷翻湧出水霧，像乾冰的流煙溢過丘頂圓環步道，再伏貼草坡傾瀉下來。梅回看園外的客家城，三山國王廟廟頂的紅燈閃了一下，像總開關一般滅了，附近住家的燈也熄了。

不知溢出丘頂的水霧流煙是冷是熱。望天丘頂像個沸騰的大鍋，飄飄裊裊的水煙，直到銅鑼小幽浮像鍋蓋將它滿滿覆蓋住，水煙還從丘頂隙縫溢出。怪的是，嘶嘶嘶的低鳴裡，隱約還有人的笑聲，沒錯，是有人開懷的狂笑！

梅一頭迷糊地胡思亂想：

誰把這花叢取這麼怪的名字，仙丹？躲蹲在一大叢「仙丹」旁看幽浮，會不會有忽然成仙的下場？

羅東運動公園的設計，本來就很奇特，特殊得很怪異，特別是這座望天丘。原來，它眞正的用途是要給幽浮降落；當初設計這座公園的那些人，一定和外星人脫不了關係。

要是邀簡秀秀一齊來，憑她愛出主意又膽大的習慣，情況會好些？還是更糟？不管怎樣，兩人總可以壯膽吧。

方向想要酷，常來望天丘窪谷騎車耍特技，摔得鼻青臉腫，一來再來，他幹麼又打電話通知。梅自己爲什麼在雨夜趕來？

丘頂窪谷裡的陣陣狂笑，愈聽愈像方向的笑聲。

國三上學期超級寒流來那天，放學，方向在後校門的流動攤買油炸春捲。那天春捲生意特別好，方向說他等得不耐煩，走去附近的廢棄造紙廠晃蕩。就在那個人來車往的路口，方向撿到一只紅色布包。布包一枚紅紙袋裝了兩千塊錢，另一枚紅包放了一張女孩照片和一束紅絲線綁著的頭髮，紙袋裡還有一小撮指甲。

晚上，他在博愛醫院當護士的彩鈴姑姑回來，嚇個半死，說是那個早夭的女孩託夢要招親，這是她家人爲她下聘禮，誰撿到就跟誰成親。

方向笑個半死，那只紅色布包不知給多少人三撿四丟，扔到廢紙廠路口，那女孩的家屬追蹤不到撿布包的人，一定會被那女孩託夢託得神經衰弱。

第二天，方向把紅色布包交給學務主任，端端正正放在他辦公桌。升旗典禮後，胖壯得很可愛的余主任站在司令台，蓮花指拈著紅布包一角，手臂伸得不能再長了，說：「各位同學，以後在路上，看見這樣的東西，不要撿，撿了不要帶回學校，帶到學校更不要放在老師的辦公桌。」全校同學大笑。笑得最誇張的就是方向，像現在這種陣陣狂笑的開懷大笑。

停電的夜晚，許多人會趴在陽台張望，傻乎乎地看天，直到把電力看通了才甘心。這時，該有人看見這群幽浮吧？

誰仰天望見銅鑼小幽浮

銅鑼小幽浮在望天丘頂停不到三十秒，又緩緩垂直浮升起來。它肚皮下的圓筒光柱，隨幽浮上升，不斷拉長、拉高，高過整座望天丘。這光柱像煙氣氤氳的透明玻璃柱，光線柔和神祕，盤轉五彩光暈，彷彿可以無限伸高，直到天頂。

梅一不小心，眨眼，這光柱倏地又收回去。

她看見幽浮的肚臍小門，像攝影機快門的複合葉片，一旋轉就閉合。一扇薄亮的圓門推過去，蓋住幽浮肚臍，幽浮腹肚又是完整光滑的一面圓弧銅鑼，毫無接縫瑕疵。

梅蹲藏在黑傘布幕後，努力吸收青草香的空氣，她仰看銅鑼小幽浮輕飄飄浮起，像隨風上捲的紙片，急速上升又輕巧後退，退去萬長春水壩上空。那群排成箭頭陣勢的大中小幽浮，閃爍米黃色微光，一閃一閃，發出某種訊號似的，又像迎接達成某種任務的銅鑼小幽浮。它們會合後，果然是一組七件的完整團隊。

梅起身半蹲，看幽浮成群向她飛來，趕緊蹲下。它們以箭頭隊形，無聲飛掠梅頭頂的鳳凰樹梢，飛過老街碼頭和湖泊，在網球場上空拔高，朝向東北方的龜山島飛去。

一組七件幽浮飛過的地面，那些路燈和住家的燈，像輪番給催眠似地一片片暗下去。在它們離開後，又像給拍碰甦醒了一盞盞亮起來；熄得很有秩序，亮得很團結。

怎會這樣？

要是方向和簡秀秀在場，他們一定會說：「這太神奇了！」

梅在仙丹花叢蹲躲不到一分鐘，竟一臉烘熱烤燙，一頭暈眩又虛軟無力，還氣喘吁吁，像跑了一萬公尺，給人扛來休歇，一蹲坐便起不了身。

花叢雨珠將梅沾得溼淋淋，說不定也有冷汗。手電筒會不會給弄潮了？

她推手電筒開關，沒亮，再推，還是沒亮。

仙丹花叢突然發光，一個臉盆大的幽浮，就躲在裡面，離梅的蹲點不到兩步遠。

它是老早布置在這裡，還是匆忙間被遺落的幽浮孤兒？一個小小的無知又可怕的幽浮！

梅這才知她早被跟上，根本別想躲藏。

她用力拍打手電筒，再一推，手電筒射出光束。

梅彷彿握一把發亮的神祕武器，伸直手臂，直直照射它。這幽浮小孤兒不動，只在仙丹花叢裡亮著，強光照射鳳凰樹。梅退閃到斜坡道上，它也不轉向。

梅凝神一看，定睛再看，停止呼吸看它個清楚明白。

它是一盞電力恢復最慢的公園投射燈；和梅一樣離銅鑼小幽浮最近、受到最大驚嚇的孤單的燈。梅不敢怪它。獨自發現奇景的心理負擔太重了，這時，哪怕還有另一個人看見，能談一談也好；這時，哪怕有一盞這樣的燈，也會讓人感受到知音的溫暖和天涯人的安慰，也幸好它不是流落的超小幽浮。

梅再一想：它會是一盞堅持到最後熄滅，最晚才亮起來的光明燈？那麼，剛才躲在它前面，不給照得一清二楚，我怎麼都沒感覺？

沒給嚇跑的忠貞老單車

望天丘頂傳來一句叫問：「這是什麼所在？」

梅轉頭看向望天丘，一個高瘦的人影，站在丘頂；夜的底層一抹暈白，他的暗影於是格外清楚，在這時刻，也有超現實的詭異，如眞似假的虛幻。

梅定睛再一看，那不就是方向嗎？

他果眞來了，方向果眞在丘頂的窪谷裡，而且，似乎沒事。

梅不向望天丘跑去，她倒吸一口氣，用力喊一聲：「方向！」卻只哼的一聲。她吞嚥口水，收起雨傘，舉成一把劍，步步後退，在中央軸道的白蠟樹旁找到自己騎了七年的單車，天天騎，卻不是那樣在乎的老單車。

梅的心頭一緊，鼻梁一酸，眞要哭出來。她知道自己一向都不是愛哭的女孩，爸媽離婚時候，和小弟林棟分住兩家時候，她都忍住，沒掉過一滴淚。現在，親眼看過這群眞實得太虛假的幽浮群，在它們來了又去，人平安無事的時刻，反倒有一種孤立無助的悲哀，有一種驚嚇過頭的茫白虛脫。牽住老單車的龍頭把手，像牽住一位老朋友、老親人的手，一個可愛的念頭閃過來：它居然沒給嚇跑，它居然一直在老地方等我，它簡直太忠貞了。

亂糟糟的另個念頭又出現：

方向為人機警，他偶爾會做無謂冒險，教人提心弔膽，但他畢竟都能避開危難。當銅鑼小幽浮覆蓋住望天丘頂，噴出那種不知是涼是熱或香或毒的煙霧，他陷在窪谷裡，也總有辦法躲藏起來，安全脫身！

丘頂上的帥哥方向，恍如酒醉一般搖頭晃腦，他又叫問一句：「這是什麼所在，怎麼暗矇矇？」叫的是道地的河洛話。

他顯然沒發現梅。他可能看不見梅，但運動公園該亮的燈都恢復了，怎麼看都不會暗矇矇吧。銅鑼小幽浮的那些水銀色、黃色強光，把方向的眼睛照得怎麼了？這一想，梅終於喊出一聲：「方向！」急將手電筒照向他。

梅的那把甘蔗型手電筒，根本照不了那麼遠，連望天丘的草坡也沒照到。丘頂上的方向卻哎呀一聲，好像給神祕雷射槍擊中，仰身滾落到窪谷。

怎麼會這樣？那些幽浮會不會再回頭，天啊！

梅拔腿跑去，一路聽到方向在窪谷裡翻滾的慘叫。天啊！這把是什麼手電筒，每一啓動，都會惹出嚇人的事！梅奔上丘頂步道，看他趴在谷底，奮力要起身。

「方向，對不起啦，你還好吧？」窪谷裡的草坡溼滑，她一蹲，也滑落下去。怎知手電筒給脫手了，滾在梅前面，三翻兩滾，又去夯打方向一把。這回，他的叫聲是被命中要害的那種淒厲。

最糟的是，梅在陡斜草坡重力加速度，沒得煞住，呀呀地衝下去，兩腳分岔地踢著方向，狠狠把他踢彈起來。最神奇的是，她又準確地踢著那還亮著的甘蔗型手電筒，一腳勾起，回落在手裡，握住了，直照方向的臉！

方向的臉給踢得變形走樣了。

梅被自己嚇呆，又被這人嚇彈起來。

這個人根本不是方向！是個繫綁長辮子的陌生人。

「哎喲！這是什麼所在？妳是誰？」他一手拿著某種樂器的弓絃，一手按住後腰，向梅跨近一步。

梅握緊手電筒，後退，光束從頭到腳打量他，大聲問：「你又是誰？你不要過來！」

這人身穿寶藍色或黑色的全套復古唐裝，就是布扣的寬鬆長衫、布袋褲和深色功夫鞋。最誇張的是他肩上掛著的那條麻花辮子，像某個絲竹樂團的團員或廟會遊行陣頭的樂手，可他復古化裝得太道地了。

「姑娘仔，妳的腳手實在有夠俐落，一看就知練過功夫。敢問芳名？敢問這是什麼所在？」他一身復古打扮，河洛話的聲調又這麼老氣。但他的神情、動作和聲音卻像年輕人，頂多是二十歲不到的老氣年輕人。梅退離他五步遠，手電筒光束照在他胸口。他苦苦笑問：「這電石火照著沒敗害嗎？」

梅想：手電筒不照他胸口，難道照他頭頂、小腹或腳尖？

「怎麼稱呼？從哪裡來？這裡是羅東運動公園，你也不知？」梅看他的五官長相，居然愈看愈覺得像方向：飽滿的額頭、長臉、劍眉、大眼、挺直的鼻梁和帶笑的脣角，特別是微傾臉頰問話的樣子，最像。他會不會就是方向化裝來作弄人？梅輕聲說：「方向，你少裝了，裝可愛。」

「羅東？這裡是羅東，羅東變作這款？我叫陳穎川，叭哩沙人。羅東隔一條溪就是叭哩沙。啊！好佳哉，這次沒將我放太遠。敢問今日是何時？」

這個自稱陳穎川的人，自言自語地碎碎念。他把羅東說成三聲羅、輕聲東①，他說的地理位置根本不對，羅東隔一條蘭陽溪就是宜蘭，怎麼會是這麼奇怪的叭哩沙？

會不會是剛潛渡上岸的大陸客？

他會不會硬背強記，把幾個地名打散了，又兜不攏？

梅看過新聞報導：搭船到台灣討生活的大陸客，船長在航行中爲他們開補習班，教他們背記上岸點附近的相關地名和主要街名、百貨公司和建築物。還做電視教學，記一些節目主持人和影歌星名字，調整說話腔調口音，打點髮型服飾，希望上岸後不很快被識破身分。

來人的復古裝扮眞道地

陳穎川的麻花長辮和復古唐裝，未免太誇張。

梅聞到他身上一股怪怪的氣味，不香不臭，像電梯間那種悶悶的氣味，或密閉的空調火車坐了一整天的味道。

梅問他：「你什麼時候來望天丘？就是來這裡。」

「妳過來以前。」

這種答話太刁鑽、太謹愼了，一定有人教過他。梅問：「你怎麼過來的？」

他東張西望，看天看地，仔細考慮怎麼回答，又遲遲找不到安全答案。梅告訴他：「沒關係，你照實講。」

「我照實講，不知姑娘你信不信？」他說：「我是搭船轉來的。」

果然是搭船過來！

他說得眞好，說是「轉來」，就是回來的意思。

「誰教你打扮成這款？你們一船過來的人都這麼穿？教你們這麼穿的人是存心害你的。」這實在太誇張、太離譜、太超現實。若一船都是這款打扮的人，被海防巡邏艇碰上，乾脆讓他們表演一曲、演奏一段〈春江花月夜〉。

「這是演奏穿的服飾，平常穿的布料較粗，款式也較簡單，不過看來也差不多。這套服飾是陳輝少爺替子弟班量身訂做的。這遍搭船轉來的，有老有少，有男有女，有人原本住鹿港、恆春或打狗、雞籠、竹塹和洄瀾[2]，都不同所在，只有我住叭哩沙，最後一個落船。」陳穎川說的這些老地名，梅似乎聽過，只一時想不起。梅越聽越迷糊，對他這樣的陌生來客，卻也不畏怯，甚至有點同情、可憐。

梅確定沒聞到酒味，但他說得越多，梅越覺得這人有一種說不上來的怪異，就像一個失智流浪漢或裝瘋賣傻的金光黨什麼的。他又問：「妳怎知來接我？妳可以陪我回叭哩沙？」

「根本沒聽過這地名。」梅說。

「我家就在叭哩沙槍櫃城。」

「對不起，沒聽過。」

「城內有一叢烏松，很大叢，樹下一座土地公廟，廟邊有一條清清清的水圳，圳邊是甘蔗園，甘蔗園內有糖廍③，做紅糖、赤砂和白糖。」陳穎川似乎不是開玩笑，他又問：「敢問，妳穿這款衫褲多久了？可以跟我講妳的芳名嗎？相見自是有緣，請莫棄嫌。」

在這樣的初夏時節，放學後，梅習慣穿長袖T恤和牛仔褲，這是最保守、再平凡不過的穿著了。他面對手電筒光束，也能看清對方打扮？「很多女孩都這樣穿。」梅想，說就說吧，讓陌生來客知曉名字又怎麼？「叫我林梅。你在那個叭哩沙，什麼槍櫃城有親戚或朋友？」

「羅東有座震安宮，妳知嗎？就在南門江邊。不知？震安宮就是媽祖廟。」

「媽祖廟我知，但廟邊沒南門江。」

「有啦，鹽船自吉利港駛進來，羅東人吃的鹽都在這裡起落。震安宮前殿奉祀媽祖，後殿奉祀觀世音菩薩，樓頂的西秦王爺殿就是福蘭社子弟班的會所，是北管福祿派福蘭社的社址，子弟班在這裡開班演奏、練習踏腳步。有無？妳有想起來？」陳穎川說著，忽然大叫一聲「壞啦」，梅往後彈跳兩步。他說：「我想到了，我那把殼仔絃留在船上沒帶下來，壞啦，我會被先生罵死。我的弓絃呢？我有帶弓絃下來……」他慌張四顧，在谷底找尋。

梅將手電筒照過去，光束跟他腳步走。

一把兩尺長的弓絃，斜躺在欄柵圓鐵蓋的谷底洞孔上。他伸手撿起，寶貝似地擁在懷裡，又碎碎念：「殼仔絃沒帶下船，怎麼辦？」他居然仰看夜空，向天星閃爍的夜空搜尋！

手電筒光束照著鐵蓋，輝映出餘光。梅發現不遠處的草坡有個東西躺著，兩輪光圈緩緩轉動。這又是什麼？

「是你們帶來的嗎？」梅問陳穎川，將手電筒光束一寸寸向那兩輪光圈移動。不會吧？會是兩架小幽浮，或幽浮掉落的什麼零件？

「是有個少年郎的，好像他來換我，被帶上船了。」

天啊！是一輛腳踏車。

車身有些老舊，前後車輪的鋼條卻串了五彩珠子，後輪的輪軸加裝踏板，可以讓人站立搭載。手電筒光束照到斜躺的後輪車蓋，還草草繫綁一塊車牌。

「他騎到海邊給你，然後你把它騎過來？」梅問。什麼東西給手電筒照射，看來都會走樣，都會有點虛假，但這輛腳踏車卻眼熟；一種不祥的念頭轉上來了，另一種「不能相信」想法又把它壓下去，一顆心於是浮浮沉沉地讓人把持不住，「你們要過來不是很不容易嗎？他是你兄弟，來換你，他回去？搭同一艘船？你們的聯絡這麼密切，接頭這麼準？」

「不熟識，我和他不熟識，同船轉來的其他人，原本也不熟識。我落船時，看這少年郎騎在那台車上，一直笑，雙手舉高高，船老大沒來請他，自己就上船了。」

梅問：「是你笑，還是他笑？」她舉手電筒仔細照射那輛腳踏車。那不會是方向的車？梅蹲下，照射後輪車蓋的車牌，梅看到它是學校發的車牌：藍底白字，編號〇九三五，正是他們班的編號群。那是方向的腳踏車？「你是搭什麼船來？那個人長什麼樣？他有跟你講話嗎？」梅聽見自己越說越輕細的聲音。她是練習過演講比賽的人，說話從不結巴，這時竟結巴起來。

「短髮、沒鬍子，十五、六歲模樣，穿像你這樣的衣服，褲子只到膝蓋，笑得眞滑稽。你和他熟識嗎？是你送他過來搭船的？」陳穎川說：「他在船梯口和我擦身過去，沒講話，順手給我這項物件，沒交代給誰，不知什麼意思。」

梅移動手電筒的光束，彷彿要去點燃他手掌心的一枚炸彈引信，「你們是搭什麼船？多久才會轉來？」梅看見了他掌心的一支行動電話手機，那是方向的手機！她不能相信，還要相信。

「飛船，會飛的船，全隊大大小小四十九台，這遍送我轉來的有七台。姑娘妳有看見嗎？」陳穎川說：「我們北管福蘭社子弟班，大大小小也有四十九名，減我一名，多少有影響吧？戲曲先生嫌我學習不打拚，我無緣無故失蹤，又將整支殼仔絃遺放在船頂，我解釋未清了。不知那少年郎，會不會幫我帶轉來？你和那少年郎熟識嗎？」

梅的頭皮又發熱，頭殼開始發脹，感覺一股電波從頭心落下，滿身流竄，人又迷糊了。

想到方向自願走上幽浮，成了不知歸期的太空流浪漢；再看眼前這位頭綁麻花長辮、一身古裝的陳穎川，從遙遠的年代回來；想到他們的未來，梅更加一頭鬧烘烘、亂糟糟。

他們的兩件事，似乎湊成了梅的一件事。這都是飛得不見蹤影的幽浮惹的禍！方向留下一輛中古腳踏車和一支行動電話手機，梅該向誰說得清楚地交還給誰？這位來路比幽浮更不明的陳穎川，梅更不知向誰問個明白，帶去給誰？

注釋：

①羅東原為平埔族語著懂（猴子）之音譯，現代人發音變異成羅東。

②高雄、基隆、新竹、花蓮。

③製糖工廠。

第三章　南方澳海灣一艘擱淺黃金船

梅對於課業成績，向來不那麼在乎，那些體育、美術、歷史、地理、國文、英語和數學，她沒一科特別喜歡也不特別厭惡，無可無不可地念著，也沒念得離譜；總比簡秀秀的不上不下、比方向大有進步空間好得多。國中三下的兩次高中入學模擬考，梅的成績排在全年級第十名和第十五名。

簡秀秀和方向的課業成績零零落落，但他們過得快樂，至少很有活力。他們樣樣感興趣，特別是班級課外活動的登山、郊遊、烤肉、游泳或淨灘什麼的，只要他們一提議、一附議就給它辦起來。像壁報、演講、作文和書法這種特殊才藝，兩人沒本事參加，可也興致昂揚地提名誰誰誰去比賽，像製作人和導演般地鼓勵、督促並加指導。簡秀秀大聲說：「千里馬需要伯樂，對不對？對，我們就是兩個正牌的伯樂。林梅獲得全校演講比賽第一名，又得全縣第三名，是誰把她挖掘出來的？像她這種悶悶的人，誰猜她能上台演講？我自己不能上台又怎樣？有眼光去發現人家的潛力，這也是很重要的，誰敢說不要緊？沒人敢的。」

簡秀秀把那個「的」拉長音，也把有意見的人堵住口。梅不愛聽大剌剌的簡秀秀老拿她當例子，證明自己的業績，說了她幾次。簡秀秀每次吃驚：「我說得半點假？你除了跟方向，還有我才多說幾句，妳在別人面前不都是悶葫蘆？白費了妳口才和這麼好的聲音。」又大歎一聲：「我一定也是某種才能的千里馬，我的伯樂在哪裡，在哪裡呢？」

今年年初，就是寒假第一天，秀秀早提議全班到南方澳漁港外灘的內埤海灣郊遊，方向大力附議，全班同學也糊里糊塗同意了，連他們導師許花末也阻止不了。

秀秀不擔心她的第三次段考成績，會不會又零零落落，只擔心：「大家相聚的時間不多了，再過半學期，就要散了，還有幾個人能繼續是同學？大家一齊到海邊吹吹風，也是很幸福的事呢！」她前一句大家、後一句大家，又說得這麼幸福，若不去，那不是太絕情、太不惜福了？

憑秀秀的領導力，應當是班長的第一人選。梅常想，要是學校發生大地震、火災或醉漢入侵這類突發事件，我們班要想平安撤退，只有靠秀秀指揮才有希望。她想，就算車棚邊那老廁所鬧鬼（現在還沒，以後難說），秀秀也有本事讓至少二十位同學一齊去大掃除兼祭煞。

可惜，秀秀的課業成績太平凡，大家仍習慣把班長選給智育成績最好的同學，儘管那人的領導力是那麼平凡。梅最爲秀秀抱屈的是，秀秀只當過半學期的康樂和學藝股長（合起來一學期，不到五個月），許花末老師說：「簡秀秀點子太多，可能影響常態學習，班級的氣氛太熱烈也不好。簡秀秀不當幹部，以她的才華，還是有很多機會協助班級活動，不一定要當幹部才能發揮。」

梅爲秀秀抱屈，特別是看到她給換來換去、換上換下後，開朗和熱心的風格不變，自己卻只是一想再想，不敢實際行動爲秀秀提名競選，不敢問老師那「不好的熱烈氣氛」到底是什麼？她理解的「常態學習」又是什麼？這抱屈裡，其實也有窩囊的成分。

秀秀的性情不只開朗，也有她心細的一面，梅彎彎曲曲地略略一提，她便懂了，笑說：「別想這麼多，事情總要往好處看，才不會跟自己過不去，對不對？快樂一點嘛。要是氣忿不平或愁眉苦臉也能解決問題，就能讓事情變好，那生氣和煩惱還有半點意思；要是不行，最好不要這樣折磨自己。像我也不是不用功，但拚死拚活拚成老太婆，成績就是那樣，怎麼辦？自卑呀！跳樓呀！我又不是九命怪貓，我才不那麼傻的。」她又把那個「的」拉長音，堵住人的口。

那次到南方澳海灣吹風，秀秀一人身兼領隊「班長」、採買「事務」、遊戲「康樂」和淨灘「衛生」。方向和梅幫她一些零碎小忙，招呼睡眼惺忪的男同學扛搬吃吃喝喝的東西上車。

那最早班的巴士，成了他們的專車，沿途沒人上下，直達南方澳終點站。天還沒亮呢，寒冬的日出，要到六點半。車站清潔工看得好奇怪，說：「來看日出？這麼多人帶這麼多東西！」真是好奇怪，九度氣溫的清早趕來海邊，全班同學居然一個都沒缺。許花末老師的未婚夫，帶了一把超級強光手電筒和一台攝影機，也跟了來。

來自西伯利亞的寒流，肯定是從南方澳內埤海灣進入台灣的，它冰削過的寒風，才會吹得這麼沒遮攔、這麼沒節制，吹得這樣刺骨的冷，吹來北極熊和冷凍魚的陣陣腥味。

大家站在長城似的海堤上，手插口袋，手抓外套領口，縮頸收肩地挨靠著，遠眺海天交界的一輪蛋白光暈。

潔白的觀世音菩薩招魂碑

日頭快出來了。

海平線上的朵朵濃雲鑲銀邊，光暈映照海波，一條日光大道就這麼鋪展到內埤海灣。銀亮的彎月形沙灘外，一波波更亮白的潮浪，潮音忽重忽輕，都以礫石和細砂摩搓的刷刷聲為襯底，在一陣冷過一陣的寒風中，努力撲岸。

大家靜默站立，彷如參加一場海、天與日光的祭典，見證它們盤古開天以來的首次演出。全班師生當然是這首映禮的第一批觀禮者，所以凝神注視，恭敬與會。寒風穿耳的咻咻聲，也聽成了某種悠揚的伴奏、神祕的配樂。

眾人靜默中，方向說：「捲上來的是剉冰，那就好了。」寒風太強，大家沒聽清楚，或根本沒人理他這麼冷的笑話——什麼時候說了「剉冰」。方向又說：「要是有人捲下海，會被浪推回來吧？」

梅看他一眼：「說這種話，不會尷尬嗎？」

方向還沒完沒了，又說：「那個下海不回來的人，一定是下了決心，等人找到，他會變成一個冷凍人呢！」

「方向！」秀秀聽不下去，靠到他耳邊念他：「這麼美的景色，你幹麼奇奇怪怪地講這種有的沒的，嗯？」

豆腐岬右側的海平線，露出一點橙紅光頭，再一眨眼，半輪朝陽就浮上來了。海天霎時大亮。穿透雲彩的光束，如扇面開展，金黃璀璨。一艘鏽黃的巨大輪船，赫然出現，它擱淺在內埤海灣右邊角的高崖下，船身輪廓讓朝陽照射，勻勻鑲上金邊。

站立長堤的所有人，望見這艘擱淺巨輪，被它鏽黃的壯麗和無助的停泊交雜出的奇異美，嚇得叫出一聲：「啊！」倒吸一口氣，又再憋住。

每一艘輪船擱淺的背後，難免一段掙扎求生的往事；它通體黃褐的鏽斑，必是一段歲月的風雨折磨。儘管它給乍然躍升的朝陽，照射出疑似黃金船的亮麗，這樣的美，怎不有淒涼的成分？特別是在這樣寒冷的清晨，在無人的海灘上。

擱淺的黃金船，隨朝陽浮現，一層亮過一層。梅定神看著想著，卻看到爸媽擱淺的婚姻；再又細看，看到一家分成兩家的疏遠感情。是擱淺的黃金船太亮麗，或西伯利亞吹來的寒流太凌厲，她只得將雙眼瞇小，雙手緊抓外套的領口，保住身體一點溫暖、一點自發的熱氣。

許老師的未婚夫平舉小巧的攝影機，獵取朝陽和海景，拍攝擱淺的巨輪和長長海堤上被這奇異景致撞了一下的人。他悄悄走動，默不作聲，像個離群獨遊的局外人。方向跟秀秀一夥人，扛搬大包小袋吃食，走下海堤石階，向擱淺的巨輪走去。在遼闊的海灣沙灘，像一列螞蟻搬家的隊伍，也是安靜而勤奮地忙碌工作。

秀秀回頭喊她：「林梅，下來啦，走囉！」方向也回頭招手，一招再招。

梅只想沿海堤走，一路走去。對這艘擱淺的黃金船，她不想太靠近，就像這五年來的生活，家庭的、學校的種種往事，她只願站在一個不遠不近、自覺可進可退的安全距離來觀看。即便剛才發生的事或現在行走的所在、接觸的人，她總想讓心情脫離現場，置於事外；也只有這樣，她的呼吸才能順暢。

海堤的一邊，是開始放寒假的南安國中。紅牆白瓦的校舍，緊傍山崖，像一座面海城堡，靜靜迎接朝陽和強勁北風。高峻蒼綠的山崖頂上，有一條蜿蜒橫線，那是蘇澳連通花蓮的公路，路徑曲彎，不時有早發卡車往來，忽隱忽現的車燈一閃而過，也都靜默無聲。

梅在海堤發現一座石碑，碑座豎立一尊雪白的觀世音菩薩石雕。觀世音菩薩低目面海，法相安詳莊嚴，祂的脣角略有笑意，迎風的海青長袖和衣襬，似乎還能飄動。

怎麼了？

碑座底下一塊大理石板，鐫刻了滿滿幾行字：

此處沙灘海面看似平靜，卻瞬息巨變，頓時猛浪滔天，遊客往往走避不及而罹難者，時有所聞。

亡童曲品誠於民國七十九年八月十六日隨母前來遊玩，未料被突發猛浪（俗稱瘋狗浪）襲擊，母子同被捲入海中，其母略諳水性倖免於難，而曲童被海浪吞噬無蹤，事後屍體久尋未獲。六歲幼童遭此不幸，令人為之斷腸。

曲童出事前，曾有數起類似事件發生，有鑒於此，呼籲來此旅遊人士格外注意安全，使曲童成為在此犧牲之最後一人，藉此杜絕悲痛事故重現。經該地方政府核准，建立此告示碑記，以儆來茲。

梅推算這位被瘋狗浪捲溺的小兄弟年紀，正好和自己同年，他若倖免於難，該也是國三學生，說不定還是自己的同學，也能一道趕早來看日出，走過遼闊綿細的彎月形沙灘，去黃金船擱淺的山崖海邊享用特別的早餐。

這是一則悲痛的記載，人事時地物都分明，梅卻一陣恍惑。往往就是這樣，當遇見他人悲痛的事，聽見別人焦慮的事，心情也跟著沉重、急切起來。彷彿那正是自己的不幸，是自己的身與家瀕臨破滅的狂風暴雨，突然侵襲。這麼一想，那「看似平靜的海面和瞬息萬變」就有了抽象的意思，轉換成另一具體場景，那就是她身在其中的家庭之海和紛擾暗礁，以及父母子女的倖免於難和吞噬無蹤；於是，梅又要讓心情脫離現場，置身事外，呼吸才能順暢。

梅走下海堤石階，踩在鬆軟沙灘，步步沉陷，又感覺海潮撲岸的力道，游移過沙灘，流竄過鞋底，從腳掌震動上來。她低頭走著，不想走去那艘擱淺的黃金船，離開那座觀世音菩薩石雕的招魂碑。老師和同學們聚集在擱淺的船邊嬉戲，她一時不知何去何從。

一個人將她攔住，是方向。梅停住。

方向問說：「怎麼了，在哭？鼻子都哭紅了，好醜。」他啃一口指甲，又說：「簡秀秀在忙，要我來找妳。」

方向的冰手指，碰到梅手背，被她閃開，梅說：「都在看，不要碰我啦！你自己也凍得紅鼻子、紅耳朵，你才醜八怪。」

方向大笑，就是那種開懷的哈哈狂笑，而且不想笑，就停，換一張酷酷的面孔，「妳在觀世音菩薩那裡看好久，我知妳看到什麼。我告訴妳，不要亂想，生死有命，活著才有希望。心中有愛，人生最美。」

話說得老氣，像老阿伯、老師或老大哥講道開示。他以為他是誰？勸人寬心哪能背書似地一次說這麼多。這方向有時像孫悟空衝來撞去；有時酷酷的像黑道小弟；有時又像醉酒濟顛沒事也搞笑；有時就像現在，裝老！梅卻知道，看似粗腳重手的方向，其實也有心細時候。兩人從國小五年級一路同學，梅對他的了解，至少多過分住在爸爸家的小弟林棟。

方向的魅力是英明式的迷糊

相處五年的同學，未必相互了解。巧不巧或幸不幸，方向的老爸在他國小五年級到中國廣東的東莞開製鞋廠，留老媽和他在台灣。從此，他爸媽也是風波不斷，事業和家庭紛紛擾擾，他爸媽隔空喊話，進而渡海爭吵。方向國一那年，方媽媽終於當了「空中飛人」，不定時往來兩地，將他寄養在單身的彩鈴姑姑家。

是兩個來自奇怪家庭的人，容易相互了解，所以相互取暖？

方向的課業成績，一直沒起色，他喜歡四處遊蕩：心神到處飄蕩，腳步到處晃蕩，有時也會晃去書店或圖書館，找來幾本奇怪的書。有一次，他翻看一本口袋書，高聲讀了一段：

> 泉涸，魚相與處於陸，相呴以溼，相濡以沫，不如相忘於江湖。

他讀的居然是《莊子》的〈大宗師篇〉。同學沒事只想看漫畫，電動玩具借來借去，方向讀這篇老骨董，讀得還用心，他對梅解釋說：

「泉水乾涸了，小溪的魚還捨不得離開，困在溪牀上。呴念ㄏㄡ，就是吐氣。牠們相互吐氣，以口沫溼淋對方。其實牠們不如想辦法到大江、大湖去，優游自在，就算從此分離也好，活著才有希望嘛。」

梅不知方向的解釋對不對，她總算知道「相濡以沫」這句話是從這裡來的；一般的解釋，也不把重點放在「不如相忘於江湖」。方向沒事為什麼念這段？梅罵他：「誰跟你相呴以溼，相濡以沫！」

方向大笑，雙掌將精裝口袋本的《莊子》合在手上，像祈禱又像祭拜。他坐在司令台前沿，鞋跟叩敲短牆，說：「不管怎樣，我們總得堅強地、快樂地生活下去。大人的事，他們自己解決，反正我們也辦不了事，等他們在乎我們，想起我們的存在，願聽我們的意見，再說吧。」

「你自己也要乖一點，不要那麼皮、那麼愛鬧，讓你姑姑掠狂①；不要讓人家蓋章做記號『單親家庭的孩子，都有問題』。你有不懂的功課，可以找秀秀來，我們一齊討論。」

「什麼問題？哪一家沒有大大小小的問題？我不在乎誰怎麼看，反正，我不活得畏縮、不唉聲歎氣、不跟自己過不去，我就是這樣跟自己說。」方向兩手拇指夾住

《莊子》，將它向前旋轉，越轉越快，轉成一個飛旋車輪，突然又朝空一拋，接住，說：「我喜歡讀書，讀自己喜歡讀的書，不像妳這麼乖，照學校規矩讀、拚命讀，妳的好成績有道理；但以後會不會很偉大，那可不一定。」

「我哪算拚命讀？」梅問：「你以後打算怎麼偉大？」

「妳呢？」

「還沒認眞想，沒那麼偉大的想法。」

「我？不如相忘於江湖。」

「你的『江湖』是什麼意思？」

「不是混黑道，我哪是這材料？我喜歡到處跑、到處看；很多人的工作就是這種跑來跑去的跑江湖。輔導老師找我去做問卷，他說我適合開客運車、計程車和開飛機，要不去當火車服務員或列車長也適合。」方向說得哈哈狂笑。

方向的十指魷魚絲

擱淺著巨輪的沙灘，燃起一堆營火，白煙緩緩上升，到船舷，又給強風吹得迴旋飛散。同學們聚在這裡，忙開來。秀秀在巨輪長長的暗影下，忙著埋鍋燒水，忙不迭地分送早餐。她看梅給方向找來，趕緊捧兩盒壽司飯糰走近，咬牙低聲說：「出門了，開心一點嘛。」趁梅接過壽司，又掐她手腕，像媽媽或者大姊一般，瞪她：「又不是出嫁新娘，還要方向三請四請！妳再這樣嘟著臉，看我怎麼對付妳。怎麼，哭過了？梅，不管怎樣，不管天大的事，實腦筋，鑽牛角尖，又怎麼？吃早餐！這壽司是跟我媽半夜三點就起來捲的。」

側身擱淺在沙灘的黃金船，近看，不再橙黃亮金，只是一色均勻的鏽黃。從高翹的船首，到嵌插進沙灘的船底，從高聳的船橋駕駛台，到船尾的兩人高螺旋槳，都是這樣褪盡油漆，一色的鏽黃，鏽得如撲巧克力粉霜，香甜且華麗。

最醒目是那串在寒風中抖動的錨鍊。

腕臂粗的錨鍊，從船首孔洞垂掛下來，環環相扣，至少有五樓高。被鉤埋在沙灘裡的鐵錨，給拉得直挺，鐵錨露出兩頭，也都鏽得鈍圓平滑，如一件裝置雕塑。

梅捧著壽司飯糰，坐在沙灘。凌厲寒風被擱淺的黃金船擋住，只剩船頂呼呼的風聲，也不冷，有一種幸福靜好的祥寧。

同學們稱呼許花末老師的未婚夫叫「師丈」，在他那部小巧攝影機前玩鬧，扮鬼臉、擺姿勢，沒個正經樣。梅做不來這些，也不想做，連那句「師丈」也覺得稱呼得太早。

許老師和她未婚夫的感情，儘管已有半個夫妻名分，可這又能保證什麼？儘管他們看來挺登對的夫妻相，也難說保證什麼。多少人經過愛情長跑，成了多年夫妻，甚至有了兒女，還不是分合不定。

梅這麼想著：這串粗實厚重的錨鍊，在巨輪觸礁擱淺之先，也曾墜放入海，試圖用鐵錨勾住海床，穩住船身。可它畢竟抵擋不住急猛風浪。沉重海錨一路拖動，終究讓原該航行大海的巨輪擱淺了；而且，衝撞得太猛，船員傷亡、船身損毀，只能這麼放棄，停擱在這少有人跡的沙灘。

假若船是一個家，船員是一家人，錨鍊是家破人散前的那串努力，那麼掌舵的人是否做正確的選擇？那風暴和猛浪，又是怎麼形成、怎麼來去？

梅眞不願這種冰涼又火烈的想法，莫名地冒出頭來，讓人不快樂。大剌剌的秀秀不知勸過多少回；家庭風波不斷、變化萬端的方向，不也說了又說？可它們卻如影隨形，如飢餓的蚊子、蒼蠅或蟑螂糾纏不去，又揮不走、滅不了。梅自己想了都要生氣，氣自己灰灰暗暗的思考網路。

方向甚至說：「什麼風波要把它看得高潮迭起，也不難。妳就整天盯著它，小事就會變大，土豆會變成冬瓜、芝麻變芭樂，再來，美夢會出惡魔，開水變成荷爾蒙、李遠哲變傻瓜。」方向憋住笑，賊賊地看人，他輪番啃咬一排指甲，嚼得津津有味，配他怪裡怪氣的比方。

「你說到哪裡了？」梅看方向最不慣的毛病之一，就是他有事沒事啃指甲，啃得那麼入神、啃得那麼好滋味，十指給誰使了酷刑的滲血，還樂此不疲。方向扮老大哥訓人或瞎掰些比方，也不會無道理，常教人笑，接不上口。所以梅常在這關頭，罵他：「又在吃魷魚絲了！」

一陣陣忽濃忽淡的咖啡香，飄過來了。

秀秀朝一大桶沸水抖倒咖啡粉，同學們端捧高矮大小不一的杯子，圍住她。許花末老師閒坐沙灘高處一塊漂流木，像個風度優雅的客人，等候一杯香濃咖啡上桌。

「咖啡怎這樣煮，像煮冬瓜茶呵！」有人說。

秀秀也給自己的大動作逗笑，說：「不這樣煮，哪夠喝？有人還想續杯呢。香味一樣的！冰糖和奶精幫我拿來。」

許老師的未婚夫，拍攝簡秀秀大把撒糖、大罐沖奶精和大杓試嘗咖啡的鏡頭。秀秀也不在乎，嘗一口，做個香濃撲鼻的表情，說：「海岸咖啡，適合在日出時刻，和好朋友分享，嗯——」她高持那把超長、超大的不鏽鋼杓子，再嘗一口，說：「這是太平洋咖啡，創造友誼，回味雋永的情感，在潮聲中配一塊，對，海苔壽司，就對了。」

燒一桶香濃滾燙的太平洋咖啡

沒想秀秀隨意開口，竟像吟詩作文，文雅而貼切，比電視的左岸咖啡廣告也不輸。許花末老師聽得鼓掌，笑問：「爲什麼要加那塊『壽司』？」

這就是秀秀的說話風格，正經和搞笑同時出現、文雅和無厘頭齊步走，她是故意的。香濃滾燙的西洋咖啡和酸甜冷涼的東洋壽司，配著吃，怎樣？同學們被她末了這個「壽司」給笑翻。

一陣沉悶的澮澮聲，隱隱從外海傳來。

有人聽見了。該不是船鳴，不是風嘯，也不是行經山頂蘇花公路砂石卡車轟隆回響。只覺得怪。

坐在沙灘高處的梅，看見海的遠處，湧起兩道長浪。她望得奇怪，凝神遠眺，恍如看見兩長隊的人馬追逐。那道後浪追逐前浪，衝過海灣外頭一座玄黑礁巖，前浪激起漫天水花，緩了一下，被後浪追趕上，匯集成一道城牆似的浪頭，澮澮地席捲過來了，過來了，過來得很不客氣、很不含糊、很扎實、很當眞。

梅扔掉一盒壽司飯糰，彈站起來，後退，喊叫：「跑呀！」她面對急速湧來的白色巨浪，加速後退。她用力喘氣，覺得喉頭緊澀，叫不出聲，踩在鬆軟沙灘的雙腿，陣陣疲軟，步步沉陷，每一步都像要踩空。

秀秀和那些端著香濃咖啡的同學們，呆立在擱淺的黃金船無風的背影下，張望。船身阻擋他們，看不見即將衝岸的巨浪，不知要發生什麼事，只聆聽雄壯交響樂似地聽著越來越清晰的浪濤潮聲。

許花末老師的未婚夫，將攝影機鏡頭照準梅，梅伸手指向外海，又叫：「跑呀！」

攝影機順著梅的指向，瞄準外海，慢慢地、平穩地拍攝那道巨浪，獵取導遊特別介紹的大自然美景一般，在角度和構圖細細琢磨，好讓拍出來的錄影帶，能給人看得仔細，看得懷念。

這一波突來的猛湧巨浪，便是觀世音菩薩石雕碑文寫的瘋狗浪？

一長堵城牆似的巨浪上岸了，轟隆沖上沙灘。浪頭尾端猛地撞擊擱淺的輪船；比十間教室還長的船身，給撞得向海岸移動，它推出一整排沙堆，船身搖晃抖顫，不知會不會傾倒？浪花越過十樓高的船橋駕駛台，嘩嘩嘩潑灑下來了。

被攔阻的浪頭，分兩路，繞過船首和船尾，像受命包抄的伏兵，兩頭夾擊在船後喝咖啡配海苔壽司的散兵游勇。

跑！跑呀！

兩道夾擊的海浪洶洶響、嘩嘩叫，梅看見秀秀在跑，同學們死命地逃，許花末老師轉身跌了一跤，又拚力爬，老師的未婚夫奔向她。所有人都啊啊慘叫。

梅被直沖的瘋狗浪追到海堤，她在陡高石階才給浪花潑一身溼，連蹬帶爬登上堤頂。再回頭，只見海浪刷地撤退，逃到半途的人發現回轉的海浪，也急忙轉去山崖。梅又跳蹦下去，回到沙灘，卻撲倒在浪花未消的溼地。

梅匍匐前進。從地平線望去，在擱淺巨輪下被兩道浪花困住的同學，全都散了。有人背貼船身，有人攀在錨鍊，有人抓住了螺旋槳，有人在海浪退去的沙地打滾，有人攀上了山崖。

燒煮咖啡的大鍋、鐵杓和大包小包的早餐，統統不見了；沙灘被突襲的巨浪捲刷得乾淨，除了散落各角落的同學。

許花末老師一身溼得渾身發抖，她慘白著一張臉，叫說：「同學，集合，全班同學，靠過來——」她搖搖晃晃，像要暈倒了。

梅奔過去扶她，代老師大喊：「大家快過來，簡秀秀、方向、班長，過來，來這裡啦！」

散落在海岸各處的同學，看見林梅脫下外套揮舞，他們一拐一拐地哭回來、喘吁吁地跑回來、木楞楞地踱回來。「怎會這樣？」巨浪來得太突然，又消退了，現在進退出一種節奏的海灘，反倒平順得有些虛假，舒緩得像隱藏計謀，很陰險的樣子。

「怎麼會這樣？」被海水溼透的每個人，回來第一句問話，都是這麼喘吁吁地講，他們回看海灘，看一回，駭怕更加深一回。

許老師的未婚夫，招呼大家上去海堤。他摟緊許老師的肩，說：「沒事了。班長照座號點名，同學們注意看誰不在？」

梅不見方向。她問秀秀：「方向呢？」全班同學只缺了方向，方向不見了，「有誰看到方向，方向！」

梅一頭發脹，雙手直抖，她再回想：方向陪秀秀送來海苔壽司，又忙去擱淺的輪船下捧那個、端這個，就像每次班級活動那樣忙得起勁。她自己隨意看、任意想，幫不上人家的忙，也不敢找秀秀和方向來談天；方向就這麼好久不見了。

秀秀說：「走！」梅跟她，還有三個男生一齊走。

許花末老師的未婚夫舉著攝影機，交代留守的同學：「海堤風大，大家去南安國中避一避，我們馬上回來。」臨走，他爲分手的兩方攝影留念，又說：「沒事的，你們走吧！」

沒事，誰知道沒事？沒事何必這麼取了鏡頭攝影留念？許花末老師哭了，要留守的同學擠靠在海堤上：「我們就在這裡等，在這裡看，我們不走。」同學們嚇哭。

梅跟著秀秀在沙灘奔跑，一直跑到擱淺的輪船下。

三個男生在輪船左右搜尋，找到了塞在船底沙堆下的鞋子。各式各樣的球鞋和皮鞋，單隻的、成雙的都塞滿了海沙。一隻白底藍色條紋的運動鞋，梅認出來，這不是方向的鞋？

梅將鞋從溼沙中拔出，這不是方向他老爸在東莞鞋廠的成品？半年前，方向送她一雙同樣花紋、不同顏色的鞋，「秀秀，這是方向的鞋！」方向會給巨浪捲進船底，埋進沙堆裡？還是「被海浪吞噬無蹤，事後屍體久尋未獲」？就像觀音石碑的記載。

梅跪蹲在船下，拚命挖沙，挖起一坨坨海沙。許老師的未婚夫舉起攝影機，像災難現場的攝影記者，或是靜默的局外人，從觀景窗的小螢幕監看現場狀況，獵取受難者親友的反應，記錄所有搜救過程。

「發現了嗎？」秀秀問。

梅大叫一聲：「方向！」嚇傻了的秀秀也跟著叫，跟著跪下去扒沙；方向正被活埋在沙底，這麼叫，他便有了生存勇氣；這麼挖，他便能獲救。

「我在這裡！」

三個男生聽到回應，「好像是方向的聲音，怎會這樣？」回音幽幽渺渺，聽不清楚哪裡傳來。沙底來的聲音不該是悶悶的嗎？誰也不曾聽過被活埋人的呼救，看林梅和簡秀秀死命扒沙，他們趕緊過去，跟著挖、跟著叫。

「我在這裡啦！」

梅在自己的哭聲裡也聽到方向的聲音了，她停住。

攝影機瞄準那串長長的錨鍊，沿鐵錨上升，越仰越高。

方向趴在船舷上，在錨鍊洞孔上方的船舷，叫說：「都好吧？太高了，我不知怎麼下去。我看到咖啡桶和鐵杓在船的那一邊，沒壞，都好。」

梅仰頭一看，哭得笑起來。簡秀秀倒是真哭了，說：「方向！你幹麼爬那麼高？你給我下來。我們找到你的一腳鞋。」她抱著梅嚶嚶地哭說：「都是我不對，不該把那桶咖啡叫做『海岸咖啡』、『太平洋咖啡』，才會惹這麼多事。」

秀秀說什麼？

梅聽得似懂非懂，只覺得要癱軟下去。

注釋：

①河洛話，抓狂，情緒失控。

第四章　現實問題難過腦筋急轉彎

梅在四月中旬參加高中入學甄選審查，口試老師笑咪咪問她兩個問題：

一、假如，本校接受妳的入學申請，接下來有四個月假期，妳不想溫習從前的功課，也不想預習本校發給妳的作業，妳如何安排時間？

二、假如，在路上遇到一個喜憨兒，向妳求助，又說他不要去警察局，妳會怎麼處理？

梅不明白這兩個問題，和入學申請有什麼太大關係。這是要考她「腦筋急轉彎」？還是眞問她時間管理規畫、測驗她的機智反應或了解她的正義感？

同學們常玩「腦筋急轉彎」這種無聊或有趣的問答遊戲。特別是方向和秀秀，一個問得當眞，一個答得來勁，配合無間。比如秀秀問說：「要把一頭大象塞進冰箱裡，冰箱不能拆開也不打洞，你只能做三個動作，該怎麼辦？」

梅想得沒法想，只想到帶大象去瘦身中心，帶回來，再帶進冰箱。啊！大象和冰箱，多殘酷的問題。

方向卻說：「把門打開，推大象進去，再把門關上。」他說那是個超級大冰箱！對口試老師的問題，梅猜方向大概會答：「我就做我現在最想做的功課。」「請他一塊蛋糕和可以續杯的卡布奇諾咖啡。」

能這麼回答口試老師的問題？似乎不太妥當。梅想了又想，把兩個問題攪和成一個，一併回答：「爸送我一架攝影機，可以把我們家族生活拍下來，我爸媽、小弟、阿公、阿嬤、外公和所有親戚，拍他們講話、工作和住的地方，拍成一卷紀錄片，片名叫《二十世紀最後的夏天》。我先送那個喜憨兒到外公家，再通知喜憨兒保護協會，過兩天若沒回音，再請媽聯絡報社和電視台記者來拍照、發消息，還有，我也可以幫他拍錄影帶。」

「援助那位喜憨兒，你找了那麼多人幫忙，妳自己還可以做什麼？」

這樣的對話有趣嗎？這都是假設性問題，能測出什麼實力？

口試老師又不像隨便問的，梅想，總不能給問得張口結舌。於是說：「至少我能幫那個喜憨兒洗澡，讓他看起來舒服一點。」

「妳怎知他是男是女、是大是小？妳怎知他一身髒，看起來不舒服？」口試老師笑咪咪，說：「假如，這喜憨兒是十八歲男生，身高一米八十，體重一百公斤，妳方便嗎？妳家有合適的衣服讓他換洗嗎？」

梅差點當場窘斃！

口試老師很和氣，但問題太古怪，假設得太無聊。梅哪知道，在這口試過後不久，她會千眞萬確地遇見一組七件的飛碟，方向跟它們走了，來了這個比「假設問題的喜憨兒」瘦小一些，但問題更嚴重的陳穎川？

這現實的二合一問題，更古怪，它是一大串的連環題，沒標準答案的多選題，是一則要以具體行動解決的超級古怪大問題。

無聊的假設性問題，比起這現實難題可愛太多了。

那位口試老師曾提醒：「遇見問題，先深入了解，多發問、多推敲才能眞正解決問題。」

竟是一則撿來的好故事

陳穎川遺落在飛碟上的殼仔絃，是他戲曲先生的傳家寶，借他用，沒說要送給他，所以一定要找回來。

這些天來，陳穎川常感歎：「實在是，轉來得太晚。」時隔百多年，只有他不老，他的家人和那位戲曲先生早已不在人世。他幹麼還要找回那把殼仔絃？

陳穎川確信方向會被那些人放回來，「那些人，是水晶人，軟軟的、透明的人，可以變成各種形狀和顏色。不開口也能說話，讓我知他的意思，能和我問答。我今年十七歲，被他們帶三遍去坐船，第一遍是我十五歲，十六歲又一遍，每遍都送我回來，不知十八歲會不會又被帶去。」他說：「那位少年郎同款會被送轉來，除非，他自己不想落船。」

陳穎川被外星人帶走的經驗這麼豐富，梅問他一次來回要幾天？

陳穎川的神情，居然有點年年赴約的期待；「在天頂沒幾天，地上過幾年。三、五年或三、五十年不一定。」

這「不一定」，又意味了什麼？

難道說，方向再回來，他還是一個活跳少年郎，我們全班同學都已中年人？梅想到自己變成歐巴桑、變成滿臉皺紋的老婦人。想到那時的相互介紹，心都要糾結、呼吸都不順暢。

「轉來得太晚」的陳穎川，見不到一個熟識的人，他的心情又怎麼了？

那些在天空來來去去的幽浮，憑什麼本事再三找到陳穎川？找他的用意又是什麼？

方向上去了一次，會不會還有第二次、第三次？就像陳穎川這樣，真的有點可憐。

⊗天罡星水晶人的腹語心音：

能搭上我們的飛行船去遨遊的人，是特別選定的，一點都不可憐。眞正的可憐人，不覺得自己可憐；被看作可憐的人，多數也不是眞正的可憐人；眞正的可憐人都處在不知不覺狀態。

被我們選定的人，個個是富有研究精神、也有被研究勇氣的人，他們將於某個時刻，在地球某個地方發揮關鍵性的影響力。

我們不會強迫任何人上船，更別說逮捕人，他們被誠心邀請或自願來到這裡。有人再三回到飛行船，是我們研究他回鄉後的身心變化，同時爲他充電、給他打氣。

這是一項永久計畫，永久是無限期的，宇宙萬物都是這計畫的一部分；當然也包括每個人。這是不好阻攔、不能勉強的。

陳穎川那一頭及腰麻花長辮，是自己一刀剪斷的。

他的新髮型則由林楝一手創作，也是帥哥林楝夢想很久，迫於現實阻撓不能實現的理想髮型——髮梢挑染金黃的改良式中分鍋蓋頭。

林楝全心作業、全力以赴地將陳穎川後頸髮根推出一道斜坡，將他耳梢髮根剪薄，額頭濃髮修剪成三分翹的後梳中分頭。他只借用老爸的電動刮鬍刀、吹風機、剪刀，還有自己珍藏的梳子和染髮劑，一次就完成他的實驗作品，而且很滿意。

「阿川哥好配合，不亂動、亂出意見。他的頭髮也很乖，給它剪、給它吹風，都不會扭來歪去，不像我的頭髮這麼不聽話。」林棟表示慶賀，特將那把琥珀色的扁平髮梳和一瓶「四季風」洗髮、潤絲兩用的髮精，送給陳穎川，還說：「以後就看你怎麼好好保養了。」

林棟那一頭粗梗梗的學生短髮，實在變不出太多花樣和保養空間。他每天攜帶梳子梳來梳去，多半只是梳過癮、梳甘願。可他拈著小鏡子梳得那麼當眞，梳出洗髮精廣告明星那種鬆鬆柔柔的微笑，大概也梳出了好心情。

肯把心愛的髮梳和洗髮精送給陳穎川，可見他如何看重這事。這些天來，他對來路不明的陳穎川萬般地欣賞，到底是欣賞陳穎川頭頂上他移植的夢想，還是眞佩服陳穎川展露的他缺少的才藝？

梅問過林棟。他說：「姊，不管阿川哥是不是妳承認的男朋友，他不肯說淸楚離家出走的眞正原因，一定有很大困難、有不得已的苦衷。我們能幫他就幫他，做人要有同情心嘛！就像方向哥不見了，離家出走，不回來參加畢業典禮，他去流浪也需要別人幫助，對不對？」林棟賊賊地笑，又說：「他要眞是妳『撿到』的，我更要有同情心了。阿川哥又那麼厲害，有他在，我今年暑假不知多好玩。姊，妳怎麼會想出這樣『撿到的』故事？帥！阿川哥講的那些故事也太棒了，你們眞厲害。」

千眞萬確的事，說給人聽，爲什麼有人偏不信？有人笑笑的愛信不信，有人露出同情的樣子；表示相信的人，不是反應太強烈，要不就像林棟這樣，把它聽解成另一回事。梅想了就洩氣，連自己也迷糊起來、懷疑起來。

第一苦旦的陽光小弟

六月二十七日撿到陳穎川那天晚上，梅想了又想，想得沒法想，只好撥電話到老爸家求助。老爸到中正機場接載客人，還沒回來，只林棟一個人在家。

老爸的家，在運動公園外，蘭陽青年會對面巷子一幢二樓洋房。老爸的工作換來換去，多半是開車載客。林棟說他最近換了十四人座旅行車，專跑機場接送出國或回國旅客，工作時間很不定。

多半時候，林棟要自己準備早餐和晚餐。媽聽得難過，幾次要接林棟回三星拱照村，老爸不肯。林棟常就這樣一個人守家，守一個空蕩蕩的奇怪的家。

林棟越表現得堅強，老媽越感心痛，她又不肯和老爸當面談一談，靠林棟那麼傳話，能做什麼用？

也許林棟眞能安排生活、照顧自己，他能體諒老爸的特殊工作，兩人相處得好。他看來還眞像個樂天的人，不像個來自單親家庭的孩子。

來自單親家庭的孩子，該像什麼，才符合一般印象？

梅說不上來。是怨憎、畏縮、孤僻、偏激和狐疑綜合的怪胎？梅不願自己變成這樣的人，也討厭有人這樣看待，甚至是痛恨的。誰沒情緒低潮？來自單親家庭的孩子，爲什麼要接受那種以結果推斷成因的標籤？

梅更厭煩自己對各種情誼的猜忌、對歡笑的壓抑收斂，厭煩那種烏雲在心頭糾纏不放的晦氣，就像秀秀和方向常念她要揮去的陰陽怪氣。

五年來，老媽常去學校看林棟，在午休或放學時碰面。老媽在稅捐處上班，走路到林棟的學校三分鐘，去多了，林棟還會覺得怪：「午休來不好，別人爸媽沒事不會這時來，以爲我們家發生什麼事。」

老媽一心掛記林棟，說他小、說他可憐，說著就哭。梅和林棟接近，是他來讀同一所國中的這一年。林棟的開朗活潑，是因年紀小，對一個家庭拆成兩家，不懂得在乎？或這就是他陽光季節的個性，發熱發光，不藏一處陰暗角落？還是他故意做作，爲不讓人看出破碎離散，更要表現得幸福圓滿？

林棟總是精神飽滿、活力充沛，他擔任升旗手是這樣，在走廊來來去去也這樣。小弟的體型像極了老爸，他在班上不算最高，但他長得壯、身材勻稱，不像那些拔高卻瘦長的同學，或長肉而走形的朋友。不知小弟哪來這麼多開心事，他擔任童子軍服務時微笑，扛抬午餐盒時也微笑，和人說話不只微笑，眼睛看人都有神。成天觀察全校男生的秀秀，就說：「根據我多年調查：羅中無帥哥，還好來了一個我們的林棟，精神好，有禮貌，健康活潑又和氣，熱心公益又討喜。他那對眼睛看人，所有羅中美女都要小心哪！」又說：「梅，憑妳這羅中第一苦旦的扮相，怎有帥得這樣的英俊小生弟弟？」

秀秀眞厲害，像「帥得這樣的英俊小生弟弟」這麼拗口的頌詞，也能說得不咬舌、不起雞皮疙瘩。梅說她：「誰是苦旦？至少，我不像瘋女十五年！」

方向、秀秀和林棟都是小太陽型的人，方向和林棟竟不太合得來，這其中，除了可笑的學長和學弟階級，他們太相似的作風，居然也變成一種矛盾。

梅對他們的個性，說了解又疑惑；對他們的種種反應，常超出意料。人的單純和複雜，一時難說清，再想還不明白。

單輪孔明車高手的樂團新人

林棟接到電話，直笑，趕忙就來羅東運動公園會合。

來了一位古裝打扮的不明人士，又消失了一位同學，這麼玄奇、麻煩又緊張的事，有哪一點好笑？梅用方向的手機撥電話；陳穎川牽著方向的腳踏車，但方向不見了，這倒像領回方向遺留的什麼，梅的念頭閃過一個詞：「遺物」，嚇得趕緊把手機握住。

她看陳穎川把腳踏車牽得歪歪扭扭，問說：「這車你會騎？」這只是岔開念頭的明知故問，誰知陳穎川竟回話：「我用牛車前輪做過一台，單輪的，叫孔明車。」

「你會騎單輪孔明車？」

「自己做、自己騎，還教叭哩沙義勇做五百台孔明車和五百組高蹺，趕去蘇澳砲台山和法蘭西鐵殼船相戰。」陳穎川說他有點頭暈，問說：「這車前後兩輪，能騎得穩、騎得快？四輪牛車總比單輪孔明車慢……」

單輪腳踏車，那不成了馬戲特技？

梅帶陳穎川繞過游泳池外停車場，轉椰林大道。林棟還沒到，先來了三名背攝影器材的人，快步走向公園入口的老街碼頭。他們問說：「有沒拍到？你們有沒看到一群飛碟出現？你們也是剛來？有人怎說在北成大橋頭看得多清楚？」

這些人問話急匆匆，也沒頭尾，倒像自言自語，不要人回答似的。

「看吧，警察也來了，消息應當不會假。」

「怎麼飛過了才講？眞有飛碟也不知飛到哪裡去。」

車頂閃爍紅綠強光的巡邏警車，開進了椰林大道。那三個背相機的人回頭去找警察交談。梅和陳穎川牽腳踏車走人行道。不知是天色太暗，還是這些人交談熱烈，居然，沒對陳穎川的古裝打扮多看一眼、多問一句；還是這年頭的另類打扮太多，綁長辮、穿布袋褲也沒人見怪。

走到三山國王大石勒前，林棟跑來會合。他跑得喘吁吁，詳細打量陳穎川，直直傻笑，看一眼他姊，再觀察陳穎川，對梅說：「姊，我明天要期末段考哩！媽打電話來找妳，說妳三更半夜還不回家，她又去找簡秀秀，簡秀秀找我。妳趕快回媽電話，說在我家，陪我補功課。」又問陳穎川：「我姊說你從外太空回來的，帥哦！我小六的蔡老師看我們作亂，也說我們都是外星人，實在很勁爆。沒問題，你今晚住我家，我家人很少，都搬出去，空房很多，隨你挑。我爸不知幾點才回來，我今晚要熬夜啃書，泡咖啡請你喝，怎樣？」

陳穎川聽得很專心，就是似懂非懂的那種認眞表情加傻笑。林棟長得比陳穎川高壯，動作又誇張，他看陳穎川一副怯怯的認眞樣，又把腳踏車牽得歪歪扭扭，於是擺出老大哥的十足派頭，踱踱地走。

梅看不過去，她撥電話給老媽，邊向小弟說：「棟棟，陳穎川哥哥現在十七歲了，他會騎單輪腳踏車。」老媽接的電話，媽急了，一直搶話說，說不該這麼晚了到處跑，也不知打電話回來通報……梅握著方向的手機，愈發煩惱，眼前這來路不明的陳穎川，不知要惹多少麻煩事，但他至少活生生存在，兩相比較，比方向還讓人寬心些。梅想自己也奇怪，方向和陳穎川一往一來，不都一樣棘手嗎？她怎對陳穎川比較寬心。因對忽然不見的人，多了懸念、多了驚恐，或是和方向相識多年，了解愈深，情感不同？梅省略掉「發現陳穎川」，只向老媽報告「方向失蹤」。

林棟牽著姊的腳踏車，梅忙講電話跟他們走。林棟不停跟陳穎川說話：「我好像應該叫你阿川哥。台北有個亂彈樂團，和動力火車樂團拚得很厲害，『亂彈』有一次造型跟你一樣，你們是一團的？」

「我們北管也有亂彈戲①，我是北管福蘭社團員，以前有跟別團拚館演出，多數對象是西皮派的軒堂團隊；我們福蘭社是福祿派。我以前沒聽過『動力火車』那一團，後來有無就不知。」

「對嘛！我一看就知你是樂團的人，你們樂團的事，我好像聽不太懂，很複雜。像我小時候很愛聽的優克李林樂團、洛杉磯男孩樂團，說散就散了，好可惜。你們亂彈樂團最近拚得金曲獎最佳團體演唱獎，眞不簡單；可我覺得，動力火車樂團唱得也不錯。」

「其實，不管福祿派或西皮派的樂團，都各有特色，拚得動刀動槍沒意思，動力還可以。」

「有嗎？報紙的影劇新聞我都有看，怎沒登樂團大車拚的事？是不是太八卦了？」

「沒有卜八卦，兩派人想拚就拚，拚得傷筋折骨，拚得血流滲滴②，拚得陳、林、李三姓不能結姻親。」

「有這樣的事？難怪現在的樂團越來越少。我覺得台北的人很奇怪，會騎單輪腳踏車，不會騎雙輪的；像我堂哥，很會開車，但不敢騎摩托車，他也住在台北。最奇怪的是我那些堂弟和表妹，很會滑直排輪、踩滑板車，還滑到捷運站月台去；電視記者叫他示範，他就傻乎乎地滑過來滑過去，後來連站務員來抓他們，也被人家在電視新聞播出。對，他們也都不會騎腳踏車。啊！我明天要期末段考，現在還在這裡走。」林棟問他姊：「說這麼久，媽說什麼？」

「老爸不在，她說要開車來看一下。照顧外公的拉芙爾，下午也不見了，不知會不會偷跑去打工，還是跑回菲律賓？我從頭到尾都沒看到方向，只發現他的腳踏車和手機，這樣算失蹤嗎？」

「讓妳都看見，那還叫失蹤，那是逃跑！」林棟說：「媽眞要回來？」

梅想自己和老媽回外公家住，這也算「逃跑」？儘管最近一年才和小弟相處得多，但梅覺得還該罵他：「棟棟，什麼逃跑？你少說兩句！」

入時打扮說古典河洛話

據梅所知，這是媽五年來第一次回老家。

梅的老媽將車停在蘭陽青年會。雨停了，她還撐傘，撐得神祕兮兮，怕給鄰居發現似的。老媽熟門熟路地站在門簷玄關的鞋櫃旁，她看不慣林棟散放的球鞋、拖鞋、皮鞋和海灘鞋，還有老爸踩扁了後鞋跟的皮鞋。她彎腰收拾，念林棟：「鞋也不好好擺，怎麼走路？棟棟，這球鞋髒臭得這樣，也該洗洗了。」

林棟根本沒聽這些，他樓上樓下兩頭跑，一會兒招呼在樓上的陳穎川，一會兒奔下樓招呼媽，像見到久別主人回門的小狗，高興得滿屋子團團轉。梅看他有點人來瘋，儘管有些聒噪，看得人眼花，梅再一想，任何會發人來瘋的小狗或孩子，除了好客，多半都有一個寂寥的家；這寂寥來自平靜或疏離，反正都冷涼得很。她看棟棟這麼來勁，想到他跟著老爸，那麼小就常一人在家，守著老爸出門開車載客，不定時回來的家。她心頭不禁一緊、一酸，想自己跟媽回拱照村，至少還有外公、定時上下班的老媽、外籍女傭拉芙爾和秋田狗阿凱，有時還感到空虛鬱悶。棟棟歡喜的程度，不正是他寂寞的程度嗎？她看林棟越高興，心中的悲傷和歉疚越深，只好說：「棟棟，時間不早，腳步輕一點、聲音小一點，別吵到鄰居。」

老媽站在玄關，遲遲沒進門，好像門內布滿地雷，總有幾塊方形磁磚暗藏陷阱。她讓梅和林棟一再招請，還猶豫。

林棟喳呼地忙，喊說爸不在家沒關係，居然又說：「媽，妳站在門口，蚊子會跑進來啦！」

這又是什麼話？媽卻隨即進門了。

媽進門，也不坐，就忙收拾客廳，收拾報紙和雜誌，擺正沙發，拾起棟棟的書包和襪子，「亂得可以，怎懶成這樣？」她整理窗帘，還將壁上那幅八駿圖扶正。梅不敢閒著，去廚房找掃把和抹布，和媽一齊大掃除。媽碎碎念：「妳也知時間不早？考完試也要有生活作息，對不對？那個方向到底怎麼了，他不是還要考高中嗎？我看他姑姑是管不住他。」

老媽問起方向失蹤經過，梅擦抹玻璃桌，她不想讓媽驚嚇，閒閒說：「聽說跟幽浮走了，不知怎麼報警。」

「幽浮？」

「不明飛行物，飛碟。」

老媽盯著梅看，五秒不眨眼皮，「待會兒我載妳回去，拉芙爾不知跑去哪裡，妳留在家裡照顧外公。妳說飛碟是什麼意思？還有誰在樓上？棟棟好像很忙。」

林棟響亮的聲音，不時從樓梯口傳來：

你眞不知怎麼用？

蓮蓬頭扳開就有水，轉左熱水、轉右冷水。

洗髮精，洗頭的，一點點就很多泡泡。肥皂，洗臉，洗身體。阿川哥，你怎麼這麼好玩，眞不知還是假不懂？

梅跟媽在樓梯下仰看，看棟棟趴在樓梯扶手對浴室說話，媽問：「誰是阿川哥？哪來的？」

「一個朋友，搭飛碟回來的。」就這麼直說吧！梅說著，連打了兩個噴嚏。

媽轉去樓下浴室，抓來一條大浴巾，遞給梅。看著她，直到梅將一頭溼髮擦乾，她說：「認識多久了？妳說飛碟是什麼店？廣播電台？」媽不眨一下眼皮：「是做啥的？」

「剛才認識的。」

「剛才？妳就敢把陌生人帶回來？像妳這麼說，怎麼去報警？怎麼告訴方向他姑姑？啊！我都被你們搞胡塗了。」

「門外有一台腳踏車，是方向的，這手機也是他的。」

梅和老媽都聽見樓上的林棟問說：「你眞的要用剪刀？你要剪刀作啥？」

媽跨上一階樓梯，觸電似地又收回，退去客廳打轉，沒坐下。她壓住嗓子，喊問梯口：「棟棟！你爸說什麼時候回家？樓上出了什麼事？棟棟。」又問梅：「我們該不該上去看看？」

這個家，曾是媽一手布置起來的，房裡的走向和擺設，誰比她更熟悉？看來她是慌了，東搭一句地問、西接一句地說：「梅，妳怎沒事接收人家的腳踏車和手機？方向不見，我們不就要爲他負責？這件事，應該先讓他姑姑知道，要不要報警，由她決定。我們稅捐處的人都知道，他姑姑是那醫院最赤、最沒耐性的護士。這電話是妳撥，還是媽跟她講？」又對梯口喊一聲：「棟棟，出了什麼事呀？媽跟妳姊很忙，你不要亂喊亂叫。」

油爆蔥花是凡常且珍貴的家庭味

樓上又傳來林棟的叫聲：

啊，你眞的把它剪斷了？多可惜！長了這麼長還剪掉！

梅和老媽又聽見剪刀扔在地板的聲音，母女倆緊抓住大浴巾，好像就能擋住那把剪刀射下樓梯，包住那被剪的什麼東西扔下。

不久，林棟下樓了。

他拈一條黑長甩動的東西，下一階，晃蕩一下，還淌水；是淌水，不是滴血。媽驚問：「是什麼蛇嗎？」梅盯著看，看出那是陳穎川的麻花長辮。

林棟說：「我以爲是他們樂團的假髮，是眞的哩。這髮質很不錯，又留這麼長，他一定捨不得。」

長辮頭的麻花捲鬆散了，林棟握住一把髮根，另一手長伸，捧住辮尾，像端捧某人的遺物或某種貢品。梅在廚房門鎖抽出兩條橡皮圈，將鬆散的辮頭綁住。她抽取橡皮圈的動作俐落，綁緊後，才反應過來：這是老媽收集橡皮圈的習性，在老爸家和外公家都一樣。

「樓上那人不是男生嗎？怎有這麼長的辮子？」老媽問。

「孫中山先生的時代流行過，現在又流行了嘛。可惜我們學校不准。」林棟說：「我覺得阿川哥的河洛話，說得眞好聽，他說把辮子剪掉是：『入鄉問俗，入港隨灣』，好像很有學問，很像解釋名詞的題目。什麼意思？姊。」

「他下定決心留下來了。」梅隨口說，其實她知道詞意還不到這一層。老媽緊張了：「大人不在家，你們更不能隨便讓陌生人留下來。」

林棟將老媽和姊抱著的大浴巾抽走，捆包那條粗黑柔亮的髮辮。又在客廳櫥櫃底下，找來一只紋彩精細的喜餅鐵盒，將長長髮辮捲了三圈，擺放進去，「好看吧，將來送給他的女朋友當訂婚聘禮。帥！」

老媽眞是嚇慌了，她光是注意那只漂亮鐵盒的來歷，「這不是你們小姨訂婚喜餅的禮盒嗎?這麼多年了還在,你們父子從來不理家嗎?」又說:「棟棟,不能再鬧,你明天考試,媽明天還得上班。梅,我們回去了,有事明天再處理。」

這時,陳穎川洗完澡,換裝出來了。

他穿了林棟的休閒涼衫和及膝的褳襠褲,一身光鮮,站在樓梯頂,眞是改頭換面,讓人眼睛一亮!梅看林棟穿過這套胸前有著白色波紋圖案的短袖黑色涼衫,配搭土黃色卡其布及膝短褲的休閒裝,它們套穿在陳穎川身上,比合身還寬鬆些,卻顯得更瀟灑,看來不同款。

陳穎川剪去長辮子的頭髮,洗淨了,還沒全乾,中分的妹妹頭蓋住兩耳尖,人在英挺中又有三分秀氣。

梅看他讓林棟陪下樓,幾乎不敢相信他是在望天丘傻不隆冬晃來走去的陳穎川。老媽抓著梅的手腕,退離梯口,輕聲問:「他不是《人間四月天》演徐志摩的那個黃磊嗎?」

乍看,眞有幾分像黃磊。他要讓這陣子迷黃磊迷得滿牆貼照片的秀秀看見,秀秀不觸電似地亂蹦亂叫才怪。

陳穎川一開口，卻誰也不像了。他稱呼梅的老媽「阿姆」，說：「多謝你們一家收留款待。暗暝來攪擾，實在家己也想不到，等我找到槍櫃城，總要轉來答謝。」

老媽聽他這一段古典河洛話，顯然沒聽不懂。但見他身穿林棟的現代少年服飾，頭頂不知什麼時代的髮型，再看牛皮沙發上的喜餅禮盒攤晾著一盤長髮辮，這種不古不今的場面，簡直像超時空電影或科幻小說的情節。老媽看得直喘氣，說：「小所在，沒什麼好款待。棟棟的衣服穿在你身上，還眞合身。我們是平凡人家，沒財沒勢，你了解我的意思吧？暫時在這裡和棟棟作伴是可以啦，不過，要再問他爸的意思。大家總是生疏，互相不了解嘛，我們不是見外，沒有惡意，我看你也是正經規矩的少年人，我們也沒說不歡迎啦。有緣來相會，人總要惜緣。」又問：「你說要去找槍櫃城，什麼所在的槍櫃城，我和梅梅就住在淸飯城[3]。你們那城若藏槍械，千萬不可拿來這裡放，你了解我的意思？」

陳穎川靜聽著，左手伸到後頸揉按，低頭想，又看著梅和老媽。

客廳的燈光，忽然斷電，過幾秒鐘，又閃閃爍爍恢復明亮。在燈光閃爍時，梅看見一輪光圈出現在天花板，一輪晶亮的小光點集合成的光圈；隱約還有一陣薄荷涼的清香飄來。

「媽，說那麼多幹麼？」梅說：「我們住的不是拱照村嗎？」

「叭哩沙廳的槍櫃城，是我自小的故鄉。」陳穎川站得直挺，含笑說道，還加點頭。

「叭哩沙就是三星舊名，清飯城就是我們現在住那裡，也是我的故鄉，有清飯城，沒聽過槍櫃城。這就奇怪了。」老媽終於笑了，說：「既然這樣，不會離太遠的，你是不是ＡＢＣ，美國回來的囝仔？怎會說得不太準？」

「媽，不是啦，阿川哥是搭飛碟的便車回來，他的河洛話說得多標準，我是MIT，Made in Taiwan 說得不如他。」

「ＡＢＣ少年學河洛話，比在台灣學的道地多了，我們同事的親戚小孩，個個都這樣。」老媽又似乎不急著走，想聊天的樣子。

林棟問大家：「有沒人肚子餓？我餓扁了。我很少這麼晚睡覺的，不吃點心，怎麼熬夜啃書？對，還沒喝咖啡哩！」

「快十二點了，喝什麼咖啡。不可以熬夜，讀書求效率，不是拚熬夜的。我煮一鍋麵，大家吃，吃過，該休息的休息，該回去的回去。」老媽喊棟棟：「你去冰箱找找，有什麼麵條，有什麼青菜拿出來。你爸回來，不要說媽下過廚房。還有，陳穎川，你叫穎川？麻煩把那頭髮收到房間去；樓下車庫旁有客房，你今晚就住那裡。」女主人的架式在招呼中回來了，招呼得挺自然。

老媽挽袖子，找圍兜，進廚房洗鍋鏟。

梅看著，鼻頭又一陣酸，想到一家拆成兩家，想到爸媽分離，想不通他們究竟什麼冤屈、衝突和仇恨。她看媽熟門熟路地在廚房忙著，酸楚中又有一絲甜蜜。她想，棟棟也有這樣的感覺吧？每個人都忙進忙出、忙上忙下，她趕緊問媽：「我可以做什麼？」

「咦？這廚房髒亂成這樣，妳就理一理、拖一拖地，這還用說嗎？擺碗筷前，先把餐桌擦一擦；桌面可以黏蟑螂了，嘖嘖，這樣也能過日子。」

梅怎麼也沒想到，多年來第一次回老爸家，是在這種狀況的深夜，還兼做大掃除。她告訴老媽：「要是麵條還有，那就多下一點。」

「夠吃就好，煮那麼大鍋幹麼？要讓你爸起疑心，知道我們偷偷跑回來，多不好！」

客廳和廚房打理得這麼乾淨，老爸回來就不起疑心？梅乾脆將玄關、樓梯和樓下浴室也一併整理了，按照媽在外公家帶領拉芙爾理家的標準風格，理出一個有媽媽味道的家。梅滿屋穿梭，身手異常俐落，向在砧板前切切剁剁的媽說：「好餓，媽要煮好吃一點，香一點。」

餐桌多擺了一副碗筷，端端正正擺在老爸從前常坐的門邊位置，像老爸隨時要上桌。

油爆蔥花的香味，飄出來了，是一種溫熱的、嘈雜的、濃得有些嗆鼻卻好聞的氣味，聞了讓人發熱、發餓。

這不就是一個平常人家的氣味嗎？有時卻也如此難得。

天罡星水晶人的腹語心音：

從浩瀚宇宙找到銀河星系，得花些工夫；回到銀河系要找到地球，又得費些手腳；我們對準轉動的地球，要將陳穎川送回台灣島，少不得還要鎖定又校正方位。

這的確需要技術、經驗、運氣和大量的用心。我們這麼說，無意表示多麼辛苦，這是我們的責任，也是樂意的事，我們連艱難都不該說。

可我們在太陽的背光處，搜索到被雲霧覆蓋的蘭陽平原，在暗夜中找到羅東運動公園，卻是容易的。

我們在這公園內六個定點，安設了花生米大小的訊號器，引導我們的飛行船安全準確地降落。失禮了，我們不能告訴你，它們安設在哪裡，你當然可以推理、猜測，但你不必試圖去搜索，更不必以找不找到，判定它們存在與否。假若你眞好奇，我們可以說，它們附著的定點並不隱祕，稍具觀察力的人都看過它們，所以你不必費力地去東挖西掘。在我們的世界，所有最重要人與事，都不神祕、都不艱深難懂。我們眞正英明的祖先前輩，早已將它們處理得容易親近，方便了解，好讓我們去向更大的未知探索，有更多精神氣力，去向生命的奧祕尋求答案。

我們做了一些調查，做了一點安排，不直接送陳穎川返轉他的故鄉。這除了引導訊號器的安設，我們還有其他用意的。這一點，我們不想說明，稍有智慧的人，都能有圓滿的理解。

也許你想問：「你們爲什麼選擇天黑後才出現、才降落？」

事實上，對我們遨遊宇宙的人來說，銀河系的星球儘管有光明處和陰影處，但在這星系的天空，都是明亮的。

好吧，就以你們地球人的觀點來作準，我們在天黑後的出現，可能更不驚嚇到你們。因你們總慣習對陌生的人事物反應過度，而且多半在驚嚇中只想到躲避和攻擊。你們逐漸喪失了新奇的喜悅、發現的樂趣、仰望的舒暢和人我和諧的想像，這常讓你們置身被反擊的境地，也可能讓我們置身於危險的包圍。

何況，選擇在你們的黑夜降落，讓通常不在白天仰望天空的雙眼，更能看見我們調控自如的燈光，那麼美麗的光束變幻；在你們沒事也恐懼的黑夜，不會妄動，而激發出神祕想像，享受到發現的樂趣。

注釋：

①北管戲之別稱，俗諺「呷肉呷三層，看戲看亂彈」意謂：做出最好的選擇。

②血跡斑斑、傷勢悽慘之意。

③清飯為隔夜飯或剩飯，槍櫃城之誤稱。

第五章　入鄉問俗入港隨灣才能安身心

梅的老爸，半夜三點才將客人從機場一一載送回家。

林棟和陳穎川都入睡了。

老爸和一位妙齡小姐，發現餐桌上一鍋疑雲重重的湯麵，老爸試了一口，說：「溫的，新鮮的。」他們靜悄悄吃個精光，靜悄悄上樓去。

陳穎川許久沒睡過這麼平穩柔綿的牀，沒在這樣隱蔽無聲的空間睏夢；這平穩和無聲，居然也會惱人，讓人不能沉睡無夢。

他生平第一回穿露臂的背心內衣和三角內褲，渾身不自在。這套柔細的白棉內衣褲，布質好得沒話說，可它們就是太貼身，貼得若有似無；在翻身時，卻又貼得摩擦緊繃，仰睡、側睡都不對。

「入鄉問俗，入港隨灣」，陳穎川記得陳輝少爺和戲曲先生簡文登不時的交代。陳輝少爺自福建漳州府漳埔縣逃難來台，歷經搬遷，定居叭哩沙，他的見識和體會，和在台灣南北教傳北管戲曲的簡文登先生相同，必有可取之處。

陳穎川想，自己被飛船帶去送來，在不同時代和不同所在來來去去，想要一路走得遠、走得平安順遂，總要「入鄉問俗，入港隨灣」地去了解和適應。

他半夢半醒的迷糊著。

被自己一刀剪斷的長辮，鋪捲在枕頭邊的鐵盒裡，他每一翻身，還慣習去捉後腦勺，要將它抓放在胸前。他閉眼摸索，摸得一把空，摸得心頭一怔，眼皮卻沉重得睜不開。

他看見一條飛旋的長辮，又聽見一陣喵呀、喵呀的貓叫聲。那是陳輝少爺的辮子，是陳少爺最愛說的故事：

同治十三年六月（西元一八七四年），欽差大臣沈葆楨督防台灣，調派福建提督羅大春帶領綏遠軍，欲開闢南關（蘇澳）到岐萊（花蓮）的後山步道。

羅大春久聞陳輝少爺大名，知他是召集北管福祿派樂工和西皮派大車拚的頭人①，特派信差到叭哩沙邀請陳少爺到南關（蘇澳）營部會面。

陳少爺身材精瘦、膚色黝黑、五官長相稱不上體面，可他腰間常配雙槍，走路有風，難說不氣派。

陳少爺不知提督羅大春邀請的用意，但他也不怕，只帶兩名隨從，便去蘇澳赴約。

提督羅大春在一頂軍帳中接見陳少爺，禮數只一般。

忽有一隻野貓跑入軍帳，在案前喵喵叫，越叫越大聲。羅大春的一排守衛軍士去趕貓，被野貓兜得團團轉，原本的威嚴肅靜盡失。

陳少爺看不過去，一個箭步向前，他的長辮飛旋，又一口咬住。一腳將一隻活跳跳的野貓踩死在羅大春案桌前！

羅大春大驚失色，說：「有膽在我帳中殺貓，膽氣過人。」一張緊綳的臉色，竟鬆弛下來，還笑說：「這回我來開路，深入險峻蠻荒，可否邀你共同出力？」

長辮飛旋盤轉，轉成一朵迴旋雲，在飛航空中常見的雲。陳穎川仍閉眼摸索，一翻身，摸到枕邊鐵盒裡的長辮，他緊緊握住，恍如在暗夜飛行的船舨上，找到一條即將靠岸繫泊的纜繩；握在手心，要拋、要解都能自主，要來、要去，才有著落。

幽幽渺渺的夢裡實境

陳穎川看見自己撐抵舢舨，自萬長春水圳溯流而上，兩岸是青綠芒草和早開的水薑花叢。圳水滿漲，但不湍急。

一尾蠕動的水蛇漂游過來了。蛇身的菱狀黑白圖案，在水光閃爍的河圳依然清晰，大蛇奮力蠕曲上溯，可惜抵不過水流，蛇身只能漂浮扭動。

陳穎川看見自己將竹篙用力一撐，舢舨輕巧滑去。

僅是一張蛻脫的蛇皮。

陳穎川的竹篙打横，勾起蛇皮，晾在船頭。扁平的蛇皮，竟有一掌寬，貼在舢舨竹筒上，仍是一尾美麗耀眼的錦蟒。

這張皮面裁割了，足夠給十把吊規仔（京胡）做音筒箱皮。一曲北管西皮樂派叫座的吹牌——〈天水關〉高亢的樂音，自水面浮游過來了，河圳兩岸的芒草叢裡，有叫好的人聲。

陳穎川看見自己笑起來，竹篙撐抵深淺不定的河圳底，跟隨〈天水關〉節奏和輕重，於是舢舨的行速就有了韻律，一種迂迴而上，盤旋輕揚的態勢。

他知萬長春寬大河圳上溯，連通阿里史城和槍櫃城窄淺的水圳。槍櫃城裡外的百十條水圳窄淺，仍可行船，可載運甘蔗、載運蔗糖和載運北管福蘭社子弟班的樂工，其中一條流經大樹頭的水圳，也是流經家門前的清淺小河。

那條水圳像護城河，渡船，太窄而費事，跳躍，又太寬而危險，造橋又阻礙舢舨往來。他會自製各種尺寸的高蹺，其中一個原因，就是要在這太窄又太寬的水圳，行走便利。

這一回，撐渡返鄉，不知水圳變化多少？有誰能來引渡？

陳穎川看見自己輕輕撐抵舢舨，來到一處被綠竹夾擁的圳道。風吹瘦竹，竹濤窸窣，就像所有風雨和草木的音聲或雀鳥的鳴唱，再急促、再熱鬧，也能讓人聽出天地的安寧節奏。

一顆轉動的圓球漂流過來了。

褐黑圓球浮浮沉沉，像老舊皮鼓，又像翻覆的烤手烘爐……該不是一顆落水人頭吧？

陳穎川看見自己收起竹篙，那顆圓球居然往舢舨流靠過來，他趕緊蹲下，平貼水面凝望。

是生番出草獵取的人頭？

是一顆殺紅了眼，被遺落的人頭？

還是一顆表情不佳、頭型欠佳而被拋棄的人頭？

陳穎川將竹篙在舢舨右側撐抵一下，舢舨往河岸左側滑動。河圳水面形成一灘漩渦，平滑如一疋綢緞，捲進舢舨底下。那顆人頭竟順著平滑水波漂過來，快速旋轉地溜進舢舨底下！

漩渦水波和舢舨底下的隙縫太小，人頭鑽不進去。它喀地猛撞舢舨竹筒，彈了一下，跳上舢舨，認錯主人似地滾到陳穎川腳邊，仰臉望著他。

陳穎川看見自己彈站起身，一腳撥開它。這人頭在並排竹筒的凹縫來回滾動，前後旋轉，滾成一顆碩大的椰子殼；一顆浸泡過久，又給圳岸土石摩擦而去皮的椰殼！

怎會是椰殼呢？

分明想到的、乍見的都不是椰殼！

這時，一曲北管福祿派叫座吹牌——〈臨潼關〉雄渾的樂音，喧天響起，河圳兩岸的綠竹林有叫好人聲。

他看見自己恍惑的苦笑，竹篙撐抵深淺不定的河圳底，跟隨這熟悉的〈臨潼關〉節奏和輕重，舢舨的行速也有了韻律，又回到那種迂迴而上、盤旋輕揚的態勢。

那顆漂流來的椰殼，看來會是好材料；它切割琢磨成殼仔絃（椰胡）的音筒，可以鳴響出婉轉悠揚的音聲，讓福蘭社子弟班演奏出動人樂曲……

入鄉問俗，入港隨灣；入鄉問俗，入港隨灣；入鄉問俗，入港隨灣；入鄉問，入港隨，入鄉，入港……

被抽查的婚姻逃學生

林楝要在七點半趕去學校，陳穎川看他打理書包、穿襪、穿鞋，還叨叨念：「今天段考不知要怎麼考？半夜十二點還吃麵吃得那樣開心。我考試有我老姊一半厲害就好。餐桌上有麵包，冰箱裡有鮮奶，你自己吃吧。我中午就回來。我老爸在睡覺，你不要叫他，電話來也不要接，我老爸會處理。」

陳穎川聽得似懂非懂，但知林楝急忙，「什麼事，我能幫？」他說：「要不要我陪你出門？」

「方向哥的姑姑要是來牽腳踏車，你就讓她牽；你在家等她。方姑姑昨晚在婦產科開刀房值班，七點半過後才會下班。你小心，她脾氣很大。」林楝說：「要是你真想幫忙，請幫我把老爸的旅行車洗一洗，車外車內都要擦洗乾淨。這是我每天要做的家庭功課，拜託你了。水龍頭、塑膠管、吸塵器和抹布在車庫裡，找找就有。祝我好運吧！中午見。」

陳穎川這才把林楝家的格局和擺設看個淸楚：這家的桌椅、櫥櫃、門窗、天花板及燈飾都和槍櫃城老茨②不同，比起陳輝少爺的新公館，也是另樣的新款派頭，但比水晶人在飛行船上的器具和擺設，又顯得繁雜古舊了。

林棟家一些需要扭轉點火的爐灶、嵌壁的電燈開關和冷熱難調的水，還有堵在房中央的樓梯，飛行船裡完全見不到；那些類似功能的器具更簡便、更不占空間。

陳穎川在車庫找到林棟說的所有東西，雖沒使用過，用來不順手，可也難不倒他。「有樣看樣，無樣家己想」③，他將旅行車沖水淋溼，再搬來馬梯，抓起抹布自車頂往下擦拭。

那台噪音驚人的吸塵器，吸收車廂內的塵土，倒也好用。就是聲響太嘈雜，震得耳孔發癢，像做點小事便喳呼的人，熱鬧之外又讓人慌張。

陣陣鈴聲響起，像師公道士祭煞或收驚的搖鈴，響幾聲，停一下，響過十幾聲，有人說話了：

沒錯。林梅是我女兒。

我是她老爸。她不住在這裡。

方向是誰？哦，梅梅的同學我不太淸楚。

對不起，我半夜三點才回來。不知有沒停過電。

小姐妳客氣一點，什麼不管孩子？我的工作特殊，我開車是養家活口。妳是方向的姑姑？對嘛，妳值大夜班也是妳的工作，管我半夜三更。

有沒停電跟我沒關係。你們開刀房應自備緊急發電。我家梅梅在她媽媽那邊。這是我家私事，我沒義務向妳報告。

陳穎川從車庫探頭看，看客廳內一個穿四角花內褲的中年男人，一手抓話筒說話，一手在頭皮、脖子、胸部和腳趾頭摳摳抓抓。他似乎也發現手持抹布的陳穎川，探個頭，點一下。陳穎川趕緊點頭回禮。

你是誰？有事嗎？不是問妳啦，我家車庫裡有個人。

妳姪兒不見，是我家林梅帶走的？不知道？那妳要問清楚才好找人。

妳怎麼確定方向在停電時不見？他也在你們醫院急診室或開刀房？

我沒進入狀況？妳不覺得妳才沒頭沒尾哪？腳踏車和手機我也沒看到。妳希望我找到了怎麼處理？他爸媽在廣東東莞，妳應該儘快通知他們。要是有這些東西，放著是可以，說保管就不對了。沒錯，我是林梅的爸爸，但不是她現在的監護人，妳明白了吧？

林梅的老爸，在電視機旁找來一支黑甘蔗似的超長手電筒，照向車庫裡的陳穎川。陳穎川給強勁光束照住，不想閃躲，讓光束從頭照到腳，還報給他一個微笑。在水晶人的飛行船上，除了和他們一對一地無聲對話、無言交談（頭殼貼滿各種電線），不時就是赤身裸體地躺著、坐著或站著，讓這樣的強光照射和檢查；他有豐富的經驗，絲毫也不怕。林梅的老爸還是手握話筒，問說：

你怎麼穿我的拖鞋？你來多久了？不是跟妳講，我是跟我家車庫的人講，問他？哦，對。

你姑姑問說，哦，這小姐問說你是不是方向？不是？陳穎川？

她問說你認不認識方向？不認識，好像見過。

小姐，妳怎可以罵人？妳大清早打電話，口氣又這麼怪。十點鐘是我的大清早。小姐，我知妳著急，著急辦得來嗎？產婦的娃娃出生，妳還得一步一步來，難過痛苦也得等，對不對？助產的醫護人員，光著急也不行的。

妳是不是再等幾天，你們方向眞失去了方向，妳再考慮報警處理，妳看好不好？

我們當然關心。沒錯，這件事應該讓老師也知，說不定有同學知他的去向。好吧？我們繼續保持聯繫吧。我了解妳的心情，了解妳的責任壓力。多想辦法，寬心等待吧。

林梅的老爸走出來了，他和林棟長得眞像，只是老些和胖些。他頂著睡亂的散髮，還是手握那支黑甘蔗似的超長手電筒，再次打量陳穎川。

「誰請你動我的車？」

「林棟少爺要我幫忙。說這是他的每天功課，把車子裡外擦洗乾淨。」

「你昨晚住在我家？」林棟的老爸又拿手電筒照射他的旅行車。車庫內亮晃晃，他像什麼專案調查人員，搜索某種證據或捉拿某個人犯，對於擦洗得如此淸淨的車廂，反要加倍查察。他問：「客廳這樣乾淨，也是你整理的？」

「是林梅姑娘和她娘整理，忙到好晚。餐桌上有半鼎麵，是留給您做消夜，怕您回家晚了，腹肚枵。」

「她們哦？」林棟的老爸忽然變了樣，精明的偵探在瞬間變成服裝不整的逃學生：聽說督學或老師來找過，而且理桌淸櫃地將他一團亂的家務都歸位了，同時留下一鍋麵，他昨晚糊里糊塗吃下肚，都消化了，這不是很可怕嗎？「哦，難怪！我也想我家棟棟怎會煮那麼好吃的麵?她們走前有什麼交代?」

「就說洗車嘛!」

「不是說這個,我是問梅梅她老媽說什麼?」

「阿姆說,您開車載客人四界旅行,什麼地頭都熟,說不定知槍櫃城確實所在,說不定肯帶我回去。」

「槍櫃城?槍櫃城不就是她娘家所在,她現在住的地頭嗎?她跟你講,叫我載你回去?」林棟的老爸,表情眞豐富,他眼神發光發亮,眉頭大開,像吃驚,又像祕密被揭曉並獲寬釋的一種人,宛如福蘭社子弟班逃學生被老師寬諒的神色。他問:「有沒叫我接她們回來?」

「沒講。」

「眞的沒講?」

「有講我會記得。」

「你想什麼時候回槍櫃城?」

「林棟少爺說他中午回來,叫我等他。」

「他什麼少爺，那我不成老爺？叫他林棟、棟棟或阿棟就可以。我今早沒出車，可以送你回你們村口，棟棟若想去，等下午我送一批客人去明池山莊回來，再送他過去。」

清飯城是個富裕城邦

林棟的家，不知何時多出一位妙齡小姐。她從二樓下來，跟誰都不開口，自己上了旅行車，坐在駕駛座旁。林棟的老爸說她是「隨車小姐」，不知啥意思。

她不看人、不說話，像給誰惹惱或一張口就要開罪人的木頭美人。她在一處十字路口轉角的水果行前要求下車，落車後，她忿忿抛一句：「你做什麼都做一半！」就走了，連車門也不關上。

更讓陳穎川看不懂的是，林棟的老爸始終當她是來無影、去無蹤的透明人。他對陳穎川說：「來前座吧，順便把門帶上。前座看得較清楚，你茨在槍櫃城哪一角勢④？」

「槍櫃城內有一叢大樹，樹邊一間土地公廟，廟後是清清清的水圳。沿水圳上去第三座槍櫃，就到我家稻埕，很好找。只怕很久沒轉來，不知變做什麼款。」

「很久？看你是十七、八歲少年家，再久也有限吧。槍櫃城是舊地名，沒人見過眞正的槍櫃，傳說的啦。我老丈人自小到老都住在那裡，連他都說成是『凊飯城』，說阿里史在過往是壞地頭，難種作，住這裡的人只有凊飯可吃，吃出名了，所以叫『凊飯城』。你也是聽人說的吧？」

林棟老爸的旅行車駛過的路頭，陳穎川都不認得：房舍、店面、河流、橋梁、田園和往來人車，都是陌生光景。左前方的綿延山勢，似乎還是故鄉叭哩沙的山，只不過在這麼多不認得的地貌和地物中，他每多看一眼，疑慮更深一層，再多看幾眼，更覺得不像了。

他知羅東離叭哩沙不太遠，水晶人的飛行船送他轉來，又不直接送回叭哩沙，只送在一處不遠不近的山頭，讓他認識一家對叭哩沙槍櫃城不生不熟的人，這是安排還是巧合？林棟的老爸說叭哩沙「壞地頭、難種作」，這完全不合事實。這樣的謠言傳出去，會嚇退多少人！

「誰說叭哩沙槍櫃城是壞所在？」

「沒人直說壞所在，只說那裡過往窮得只有凊飯吃。我老丈人沒青瞑前自己說的。他茨邊和廟口那些老兄弟也這麼說。我以前的太太，就是楝楝他老媽，也是跟著這麼說。不過，我是覺得怪怪的，大概兩年前，我接到一個怪怪的團，載十多位台北南港來的客人，要我載去你說的那叢大樹腳。我怕得要死，怕被我老丈人發現，怕他舉枴杖追來夯人。」

「不說他青瞑？」

「青瞑仔多五眼，你沒聽過？明眼人只一對眼睛，青瞑人的鼻孔和耳孔都變得厲害，變成四粒眼睛，再加一個心眼。只要風一吹，他聞到我的氣味，就可以準準準地找到人，該罵、該打、該疼、該惜的一個都不會錯。被他堵到，有理講不清：是他女兒放捨我們父子，還是我們父子放捨他女兒和孫女？其中緣故，他完全不了解，只想舉枴杖找我算帳。哎，這款情事難排解。反正，我的皮綳得緊緊的，開車到那叢大樹下，不敢開口，靜靜聽。好像是兩位研究員帶一群研究生來做一個很特別、很奇怪的研究，我才第一次聽到，『凊飯城』的本名應該是『槍櫃城』。」

「陳輝少爺有兩千多名義勇，在我們阿里史城、田心城和槍櫃城開墾甘蔗園八百甲、水稻田兩百甲。家家戶戶飼豬、飼鴨，叭哩沙人怎會窮得吃凊飯度日？再說，沒正餐米飯，哪來的隔暝凊飯？」

「說得也對。看你七少年、八少年，知的還眞不少。那天要是你在場就好了。」林棟的老爸指向左窗外，「這是新建的宜蘭監獄，看到沒？再過去那叢大樹，就是槍櫃城的鳥榕，學名雀榕啦，認得嗎？它的學名也是那批客人教我的。那天，我實在不該透露我是槍櫃城女婿，前任女婿，害他們一直問我，圍住我要請教槍櫃城的歷史故事，和你剛才說的那位陳輝少爺的生平事蹟。實在是，我被『請教』得一頭汗，統統毋知影。那天要是你在場，大概會好一點。不過，拜託哦，我不過是槍櫃城的前女婿，不是在庄的原住民，不是什麼頭人，怎知那麼多。」

「陳輝少爺就是咱叭哩沙頭人，名聲透咱噶瑪蘭平原[5]，名聲也透京城，七、八歲囝仔也知。」

「七、八歲？七、八十歲也不知。不只我一人漏氣，咱全庄的老人、小孩、男人和女人都被『請教』得嘴開開，毋知影。那批台北南港來的客人實在是，專問這種沒人知的問題，他們還去找陳輝的墓和他老母的墓，奇怪呢，人家的子孫都不找，他們包我的旅行車專程來找這些。他們好像很內行，還說那位什麼陳輝，有一座廟供奉他，在花蓮富里，那裡差我們槍櫃城多遠呀。」

「陳輝少爺不在世多久了？」

「聽那群專家學者說，死百多年了。又要我開車送他們去蘇澳看一個什麼碑，對，開路碑。說那陳輝參加開闢蘇花公路，就是公路前身的步道？嘖！實在是，他們又想請教我，很慘呀，一問三不知。害我從此以後，聽說是台北南港來的客人就不敢接，想了都歹勢，都會驚，驚到頭痛。」林棟的老爸一直苦笑，搖頭，拍駕駛盤，「我辯解不是蘇澳人，怎知那陳輝開路有功，再一想，他開路有功跟我也有關係，我不時在蘇花公路來來去去，這點人情義理，這一點基本常識都不知，說自己是蘭陽子弟，講話會大聲嗎？後來，他們又去砲台山，要去看什麼你猜？」

「大砲！」

「猜對了，說那陳輝少爺派人拖去的，去和西班牙或日本、還是什麼葡萄牙人拚輸贏。我怎知？古早代誌，無人講嘛。」

「是法蘭西人的軍艦，六隻，要來蘇澳登陸，被陳輝少爺帶領的叭哩沙義勇開砲打中。」

「對啦，是法國軍艦來攻擊，我想起來了。嘿，你怎麼都知？少年的，不簡單哦，有讀書。這樣好，將來，要是我接週休二日團來咱溪南看樹、看墓、看大砲，你若有閒，請你做導遊，大概不會被問倒了。哦，想起那隊台北南港來的團，實在是傷腦筋。」

「這些平常事，怎都無人知？老老少少都不知？外人來問了，咱總有人會想知吧？」陳穎川只是不解。他定睛凝望遠遠近近的山脈，看著越近越高的大樹，認出這該是夢中故鄉叭哩沙的槍櫃城。沒錯，這叢固守在阿里史山彎口的鳥榕，傾倒了，又朝向青天生長，它便是自己從小攀爬在枝尾眺望的樹。陳穎川認定它，就像久別再見的親友，不管他是站著、坐著、蹲著或躺著，只看一眼，總認得出來。

「我放你在村口下車，你能找到路吧？」

「什麼路？」

「當然是回家的路。我老丈人一直對我不諒解，他那些老茨邊（老鄰居）、老朋友，想來沒人會替我講話，只會通風報信，以為我要回來惹是非。我實在不方便進庄頭，被趕出去不好看。橫直，『路在鼻梁下』，開口問問便知。對了，你是回來找阿公、阿嬤，還是誰？你是小留學生嗎？」

「不知能找到誰？」

「我看你很巧、很乖，但總感覺有點怪怪的。這樣吧，要是遇到困難，先去找林梅，她住我老丈人家。相逢自是有緣，這是我開旅行車服務客人的基本信念，只要有緣，總會再見面的。」

⊗天罡星水晶人的腹語心音：

據我們水晶人看來，地球人是宇宙生物中一種不太笨、不太醜的生物。當然，這是一種觀點，是特定標準的比較。也有別的宇宙生物堅決認為，地球人是超級愚蠢、超級醜陋的「宇宙之恥」；特別是地球人面對不同意見而生氣，處理不同利益而發動各種戰爭的面目，表現得最清楚。

那樣的看法太偏激、太殘酷也太誠實了。

地球人對至親的爭執、地球人對朋友的爭鬥、地球人對鄉人的爭奪、地球人對鄰邦的爭戰、地球人對所有生物的爭霸，花用了太多心思和氣力，也把原有可能的聰明和美好爭得減少了。

怎會這樣呢？

我們這麼說，地球人會生氣嗎？

注釋：

①領導人、工頭或領袖。

②陽宅為茨，陰宅為厝，如奉厝，世人多半誤用。

③有樣學樣，無樣自己想。

④哪一地方，什麼所在。

⑤名聲響遍蘭陽平原。

第六章 《二十世紀最後的夏天》開麥拉

梅的高傳眞攝影機正式啓用，是陳穎川轉抵槍櫃城（三星鄉拱照村）那天。他趕巧來入鏡，緊隨眼盲的阿公和四處聞嗅又抬腿撒尿的秋田狗阿凱之外，第一個出現的人物。陳穎川的神態表情和走位行動，像排演多次的演員，自然又有懸疑，生動且有劇情，他沒說半句話，卻有可看性，似乎擺明了要當《二十世紀最後的夏天》紀錄片的男主角。

照顧阿公的菲律賓女傭拉芙爾不告而別，無故失蹤。梅接替她的任務，照顧阿公穿衣、刷牙、洗臉、吃飯和外出散步。阿公的白色枴杖喀喀點，還說：「梅仔，妳不用牽阿公，阿公自己會走，妳若無閒，隨妳去。」

梅找出攝影機，在錄影帶按上日期：二〇〇〇・六・二十八，她對麥克風說：「二十世紀最後的夏天。」開場白好像應該多說一點，比如攝影者、攝影主題、人物介紹什麼的；梅居然沒確切構想。從四月中，回答高中入學甄選審查那位口試老師的問題以來，原擬要拍攝的「家族生活」，越想越平淡，越想越無趣，越想越不知從何拍攝起，更不知要問些什麼。

梅不曾使用過攝影機，當然沒拍過紀錄片。她自己看使用說明書，一個個按鍵試驗功能，牢記「特別注意事項」的不晃動、不摔跌和不淋溼。許花末老師在班級活動時間放映過幾部紀錄片：《下午飯的菜》、《迪化街的阿嬤》、《抓蟲親兄弟》、《雁門堂外放紙鳶》。影片的旁白很樸素，像鄰居發生的家常事，透過若無一事的影像、透過閒話家常的交談，聽看起來卻這麼親切、生動，讓人大笑或沉思。

許老師的未婚夫，輕聲解說每部紀錄片的拍攝觀點、對位關係、訪談技巧、取景角度和影像張力或主題貫穿，還有耐心和誠意一些專有名詞，好像他是拍攝過很多紀錄片的總製作人兼導演。

梅不完全聽懂，但聽進了一些，特別記得他說過一句好像有點哲理又怪怪的話，他說：「紀錄片很好拍，要拍得好卻不容易。」又說：「萬事起頭難，有興趣、有機會拍紀錄片的同學，克服困難的第一個動作就是：勇敢地、專心地啓動攝影機吧！」
梅陪阿公出門散步，那隻阿凱奔跑在前頭帶路。他們對村裡的每條小路和小橋，比梅熟，梅閒著也閒著，啓動了攝影機。
從攝影機觀察幕看到的光景，不就是自己處在的光景嗎？可人物影像和地理形貌，透過鏡頭選擇和光影折射，忽然就更清晰、更集中，生出某種意思。甚至隔開了時空，變得如幻似眞，如近猶遠，讓攝影者的觀察，同時有了逼眞和恍惑。
梅就這麼看著，自由取鏡。
「梅仔，妳不好好走，怎這樣前前後後地攏攏旋①？不要旋一下到水溝底。」阿公走在村內曲折巷路，沒一步猶豫，跨步走往大樹去。
梅對攝影機的麥克風響脆脆說：「阿公在看不見以前，是宜蘭縣三星鄉拱照村村長，村裡所有人和狗，沒一個不認識他。阿公叫簡茂賢，今年七十四歲，照顧他的菲傭蹺家，他有點煩惱，走路要算步數。前面跑步的阿凱，是一隻沉默的狗，很少叫，很多大人和大狗怕牠，只有小孩和小狗不怕。阿公的白鬍子留三年了，再長些，要給三界公換新鬍子。」

「梅仔，妳在跟誰講話，講這麼詳細？阿公走路哪需要算步數？有人目珠金金②，走得撞壁，走得跌倒。阿公走路憑感覺，專心在身邊的感覺、腳底的感覺，什麼時候撞過、摔過呢？給三界公換新鬚的事，是心願，不好到處講啦。」

「在照相，拍錄影帶兼配音。」

「哦，要拍好看一點。妳要拍去給誰看？」阿公笑問：「梅仔，妳也奇怪，平常無聲無嗽③，問三句回一句，對不講不應的攝影機，又有說有笑。」

「我哪有笑？」梅想起麥克風正在收音，許老師的未婚夫交代過：「攝影創作者，除非必要，不要介入觀察對象的事件進行，不要無謂出聲。」

「人，話太多是不好，話太少也不對。少年青春活跳跳，能說能笑是幸福，會哭會叫才正常。妳想阿公說的對不對？」阿公偏這麼大聲說。

土地公也有婆娘來作伴

大樹外，是長青活動中心和土地公的福德廟。水泥磚造的活動中心大門敞開，裡頭擺著老舊銅鑼、大鼓、花籃鼓架、彩牌繡旗和掛牆的一排樂器。空蕩蕩，沒人。

福德廟內兩盞長明燈，照出一片暈紅。梅將攝影機鏡頭順著門楣的橫匾往下移，推進，拍攝有土地婆作伴的土地公，再緩緩退出。並肩端坐玻璃櫃內的土地公和土地婆，顯得格外親近，這也叫幸福嗎？相處就幸福嗎？

阿公自行走去大樹下，安穩坐著。

兩百多年樹齡的鳥榕，歪斜生長，長成一叢龐然大樹，有著幾十根梁柱般的鬚根，和三座籃球場大的綠蔭。

四下無人，秋田狗阿凱也跑得不見蹤影。阿公在樹下石椅拄杖坐著，一張圓桌和四張圓椅，連同精瘦蒼老的阿公，給龐大老樹襯得格外細小。

從成雙的土地公和土地婆，到孤單蒼老的阿公，兩組畫面連貫起來，忽然就生出一個鮮明的意思。

外婆去世那年，梅十歲。

梅記得不識字的外婆，要她幫做一本電話簿，在每個名字和電話中間畫個小圖：大舅在航空公司工作，那就加畫一架飛機；二舅在電力公司加畫燈泡；姨婆住梨山加畫蘋果；屘姨開服裝店加畫衣服……

外婆和外公總是同進同出，她說話，細聲細氣，笑起來也這樣。梅來外婆家作客，少不得是樹薯紅棗甜湯或銀耳紅棗甜湯當點心；餐桌少不得一大盤油滋滋、黃澄澄的白斬雞和兩大盤翠綠鮮嫩的蒜蓉炒空心菜。土雞和空心菜，也是外婆和外公來羅東探望兒女子孫的必備「等路」④。

這種種，在外婆去世後，統統不見了。

也因梅和老媽回拱照村居住，那些回憶的時空，失去了遙望的距離，反而更加模糊。

梅從攝影機的觀景幕，發現一個人影。那人在大樹另一頭張望，阿凱溼黑的鼻頭貼住他小腿聞嗅。他張望得出神或根本不理會，像植物學家一樣欣賞這叢大樹。

梅將焦距對準他的側臉，看來人似乎有點眼熟，再照他的黑色涼衫和卡其色褳褲，她對攝影機的錄音麥克風說：「這人好像陳穎川，昨晚搭飛碟回來的人。」

陳穎川仰看樹頂，張口呼吸，神情有驚奇，有喜悅。他睜眼搜尋，有發現，有懷疑，表情非常豐富。

陳穎川摩挲垂掛的粗大鬚根，又輕敲樹皮，有回想，有研究；他移步走動，有沉思，有決定。他旁若無人，盡情演出。

透過攝影機觀景幕的特寫鏡頭，梅第一次這麼無顧忌且認眞的觀察一個人神情變化，大膽推測一個人心思起伏。跟前跟後卻被陳穎川視而不見的阿凱，牠豎耳、閃避、跟蹤、聞嗅、搖尾和骨碌碌的眼神，也都有不同反應，有個別意思。

陳穎川忽然抬腿一跳，蹦地展輕功，翻身爬上橫斜的樹幹。

他手抓枝枒，往上走，像樹上藏有物件，等他取下。樹下的阿凱有樣學樣，也高舉前爪，摳住橫斜的樹幹，奮力跳躍，要跟上樹去，以爲牠是誰派來的特別隨從。

阿凱一跳再跳，沒能跳成，第三跳竟仰身摔下，狠狠跌在硬實泥地！牠急痛得汪汪叫又嗯嗯呻吟，不甘願，又繞轉樹頭，索性拉開牠的狗嗓門，對樹上的陳穎川一陣吠吼，像在罵他：「你怎不拉我一把，自己要跳就跳！」

阿公說話了：「阿凱給誰嚇到，有人在樹頂丟物件凌遲牠？」

「阿凱要爬樹，自己摔倒。」梅說：「阿公怎知樹頂有人？」

站在橫斜樹腰上的陳穎川，給狗叫得嚇一跳，再看樹下突然冒出兩個人，一老人、一少女都面熟，像來樹下等候已久或監視多時，他一陣驚、一陣喜，大鷹展翅飛跳下樹腰。

陳穎川這一跳，身手輕盈優雅，他落地無聲，還站出弓箭步和野馬分鬃⑤手勢，不知哪一派俠客的美姿。可惜一身寬鬆的現代休閒服和不古不今的頭髮造型，不搭配，要不，可好。

「是林梅姑娘？」他拱手問道。

阿凱看他輕盈落地，似乎十分欣賞；牠不再吠叫，繞在陳穎川腿邊團團轉，又靠去阿公座椅邊，用牠溼黑的鼻頭頂觸阿公拄杖的手。牠請阿公鼓掌嗎？

阿公說：「梅仔，誰這麼好禮，稱呼妳姑娘？這人練過輕功，身手不凡。是從何處來，要往何處去？」

「叫我林梅。這是我阿公。這隻狗叫阿凱。」梅將攝影機擱在下巴，仍啓動著，問說：「你怎麼找到我們了？你敢騎雙輪腳踏車？誰帶你過來的？」

陳穎川凝視阿公。

阿公的眉毛挑高，眼皮睜得用力，眼皮肉露一對灰白眼球。他感覺來人忽前忽後、走左移右；但他不動，保持面向土地公廟的坐姿，連脖頸也不移轉。

「是簡文登先生嗎？」陳穎川居然蹲在阿公座椅五步前的泥地，後腳跟墊著浮凸的樹根，像要跪下：「老師，看不見我了嗎？我是穎川仔，陳穎川。」

「猴三？你爬高跳低，我想你是孫悟空。」阿公哈哈大笑：「你叫我什麼？簡文登先生？老師？」

眼前這阿公，分明就是簡文登老師，曾一眼看上他是「北管戲曲一流人才」的老師。

簡文登老師怎麼青瞑眼盲了？

陳穎川蹲地凝視梅的阿公，凝視莊嚴得令人害怕的簡文登老師。他看望少了精明眼神而顯慈祥的阿公，凝視比他第二次離開叭哩沙堡阿里史庄槍櫃城時，只老一點的簡文登老師。

難道簡文登老師也被水晶人的飛行船帶走又帶回來？

「老師，阿公，你轉來多久了？」

「你說我去哪裡轉來？你和我熟識？你還沒自我介紹，說你從何處來，要往何處。」

「陳穎川啦，槍櫃城的本庄子弟，本庄北管福蘭社囝仔班的子弟。出門很久，昨夜才轉來。」

陳穎川當然記得，北管福蘭社前後任的兩位戲曲先生簡文登和詹大軒老師，他們曾在眾人面前公開褒獎過他，說：「穎川仔人巧、記性好、音感準，是學習北管戲曲的第一流人才；只要他肯用心，穎川仔學一冬，勝過其他人學三年。」

簡文登老師還當陳輝少爺面前，將他最寶惜的那把殼仔絃交送給他，說：「將來，北管福祿派戲曲的香火，要靠穎川仔傳下去了。」

陳穎川低頭再想，我這樣來來去去，沒將北管福祿派曲藝傳承下去，竟連那把簡文登老師傳家寶的殼仔絃，也遺忘在不知去向、不知來日的飛船上。啊，我是啥子弟？

眼珠晶晶也會看走眼

戲曲老師的聽力絕對好，但他「看人才」的眼力又怎麼了？簡文登老師的青瞑眼盲，和他「看走眼」有關嗎？

「你剛才叫我簡文登先生，我想想，這名字怎這麼熟，好像在哪裡聽過？」阿公偏臉一想、再想，他說：「讓我想想看，會不會阿里史顯微宮邊那個國中老師他老爸？還是咱拱照村的村里幹事，現時換去小學教英語的那個簡文登？……咱拱照村舊地名是『凊飯城』，不是槍櫃城，聽你語音像少年郎，發音怎這麼不準？」

梅說：「我阿公叫簡茂賢，從來沒用過簡文登這名字。」

阿公突然抓起枴杖。陳穎川彈跳起身，閃退兩步遠。泥地的烏榕根鬚交錯浮凸，他踩踏不穩，一屁股跌坐下去。阿公的枴杖跺地，他啊一聲說：「我阿祖的名字就叫簡文登，傳說是咱『凊飯城』北管福蘭社的戲曲先生。我想起來了，傳說在古早，有個大地主叫陳輝，在咱叭哩沙堡開墾，特別自彰化請我阿祖來教搖絃、吹嗩吶、敲鑼、打鼓兼唱歌弄曲，才有北管福蘭社的存在。詳細情形無人知，古早人少識字，識字的人也不記這些民眾生活的重大事，只寫詩表達個人心情啦。像我阿祖和陳輝這位叭哩沙頭人的過往事蹟，我也只聽老輩講三句、兩句，又講得無頭無尾。我聽人講，自己是不敢提，無憑無據嘛，不了解的人以為我要占咱拱照村北管樂團什麼位，我若講不清，被人一堵下去，嘴開開，難看。」阿公說：「穎川仔，你叫穎川？敢問你幾歲？」

梅回說：「十七歲啦！陳穎川從很遠的地方轉來，不知要住哪裡。」

「你們很熟識哦，熟識多久了？」阿公說：「穎川仔，你讀了不少書吧，若有這方面的書，我眞想了解，我眼睛無效，你可不可以講給我聽？你的父母和親戚呢？」

阿公一次問這麼多問題，陳穎川不知從何答起，只好說：「不知。」他聽阿公自稱是簡文登老師的曾孫，提到他自彰化被陳輝少爺聘請來傳授北管，心情便篤定下來。

阿公說：「要是你不棄嫌，就暫住我茨。庄腳所在，住所大，房間隨你揀，不過，先看看，還要你中意再講。」

梅的攝影機，始終沒停過，她蹲在樹旁靜靜拍攝。

阿凱沒見過攝影機這新奇物件，搖尾過來。牠的一張滑稽狗臉湊到鏡頭，噴出鼻息熱氣，把鏡頭都噴濛了。梅趕牠走，阿凱理也不理，還笑，梅只好起身。

陳穎川靠過來看，說：「比鏡子還清楚。是什麼？」

「梅仔，妳記得幫穎川仔多拍一點；少年都好看，要拍趁青春。」阿公說：「稍早，我有聽到妳老爸的旅行車倒車的叭叭聲，就在這大樹腳。以爲他要來看我，我在茨內等著，誰知他就走了。妳老爸怎不敢來見我的面？」

「他每天開車跑機場接送客人，還有週休二日的旅遊團，回家都累了。」梅說。

「妳怎這麼清楚？」

「棟棟現在讀國中，跟我同校，他跟我講的。」

「這個棟棟怎也不來看阿公？妳爸媽不和，姊弟還是姊弟，祖孫還是祖孫，不可受他們影響，情分也生疏了。棟棟幾歲了？十三？十三也不小，自己搭巴士或騎腳踏車來，都沒問題了嘛，怎連電話也不打來？」

「他說不知要跟阿公講什麼？」

阿公睜著盲白的眼珠張望，笑說：「他不知要講什麼，也可聽阿公講嘛。」

「他說阿公講的都同款。」

「同款？同款還不同師傅哩。」

「快放暑假了，棟棟大概會常來吧；只要我老爸沒意見。」

「我們祖孫感情的事，妳老爸敢有啥意見？他敢有意見，妳就帶我去找他評理！」

阿公眞是不服老，也不服雙眼失明。他七十四年的大半生，遇過多少傷痛的生離死別、失意挫敗和每天都發生的人事糾纏，他怎麼能活得這樣起勁、這樣開朗，還要去找他的前女婿評理？

最奇怪的是，自身處境都沒著落的陳穎川，居然說：「阿公，要是沒人陪您去，我陪。」

陳穎川這麼說，不覺得好笑嗎？梅的攝影機鏡頭，對準他認眞誠懇的神情，卻沒笑出來。

阿公說的古早故事，早不過日本統治台灣時代（一八九五－一九四五），但憑阿公的記性和清晰口齒，他在拱照村幾乎就是口述歷史專家。兩年前夏天，簡秀秀的大姊簡珍珍要去巴黎留學，特地來找阿公做了三次田野訪談。

阿公說的口述歷史，一般書上沒寫，當然也是歷史課本不寫或不太一樣的「民眾史」。珍珍大姊說這更有趣，有一定價值，可惜，書面資料太少太少，有心有能力記得的老人也不多，交叉求證和比對釐清的工作很困難。

梅始終不明白，珍珍大姊既明知困難，爲什麼專挑難處做研究？還有，她既然是研究老宜蘭開發史，幹麼飛去幾萬里外的巴黎第八大學做研究、寫論文？

阿公的口述歷史，給陳穎川一比，似乎太現代了。陳穎川輕鬆開口便是清朝嘉慶、清朝道光年間的十九世紀中葉，他說的人物、時間和地點以及那些奇奇怪怪的事，不知眞不眞確，可就是好聽。

這些更古老的故事，眞該讓巴黎苦讀研究的珍珍大姊也來聽一聽，說不定更能聽出門道，甚至，聽出眞假。

那個秀秀說她要先來鑑定一下。鑑定什麼？難道憑她也能鑑定出陳穎川口述歷史的眞假虛實？何況，陳穎川根本不像在講歷史，他說的是自己的生活，像昨天剛過的生活。

秀秀被問急了，從實招來：「不是啦！我和爸媽打算等我考完高中聯考，要去巴黎探望大姊，看她過得多好還是多糟。要是大姊回台灣，回來聽陳穎川講故事，我的巴黎之旅不就泡湯？」

秀秀第一次見到陳穎川，陳穎川的頭髮已讓林棟精心整修過：髮梢輕染金黃的改良式中分鍋蓋頭；帥哥林棟迫於現實阻撓，不能實現在自己頭上的理想髮型。時常怨歎「羅中無帥哥」的秀秀，初見陳穎川，眼都直了。她羞笑閃躲，一副沒見識的丫頭樣。自我介紹後，陳穎川叫她一聲「秀秀」，她靠在梅身邊，聲音都走調了：「阿川哥說話的聲音好好聽。」只這麼一聲，秀秀也能鑑定出陳穎川嗓音的粗瘂噪耳或清越動聽？她也未免太厲害。

梅的攝影機拍到這段，秀秀說：「妳要拍好一點，這好有紀念性！『在這交會時互放的光亮』。」

「秀秀，妳的聯考還沒考呢，收心吧！」梅知秀秀每遇心動的任何人或任何事，都會一頭栽進去，全心全意，全力以赴，「在快樂中享受痛苦，在痛苦中享受快樂」、「不管結局如何，我都無怨無悔」。公共電視的《人間四月天——徐志摩的愛情故事》連續劇，一年重播四次，每次時段都不同，我們的秀秀姑娘，就有這麼靈通消息和密切收看的精神，沒一次錯過了全神欣賞的機會。

秀秀看《人間四月天》也沒白看，她牢牢記得劇中一些讓人豔羨欲死的詩句：

「在茫茫人海中，我要尋找靈魂的唯一伴侶，得之，我幸；不得，我命」、「你是一樹一樹的花開，是燕，在梁間呢喃，你是暖，是愛，是希望，你是人間四月天」，當然還有那首普通記性的人記不起來的〈偶然〉：「……你我相逢在黑夜的海上，你有你的，我有我的，方向，你記得也好，最好你忘掉，在這交會時互放的光亮。」

現代樊梨花的腳步手路

梅常想，秀秀的課業成績不上不下，將來考高中可能也在錄取線邊緣徘徊。可她日子過得這般起勁，能一口氣背下這麼多好詩，過的是陽光燦爛、詩情芬芳的日子，她的生命質量真是好。可惜，我們的學習評量不太在乎這些，更不會考這些，要不，秀秀就好了。

幾年來，秀秀常來拱照村找梅，阿公每次留她用餐，吃菲律賓菜或老媽燒的台灣菜，她樣樣都喊好吃！阿公早能認她的腳步聲，還下過評語：「秀秀若生在古代，就是花木蘭和樊梨花這一派俠女，聽腳步就知。」

阿公的比方未免打得太遠、也太偉大，阿公什麼時候又聽過那兩位俠女的腳步聲？還不是看戲的！看戲能準嗎？

阿公說：「戲棚頂，歌仔戲的戲棚頂，花木蘭和樊梨花走路有風，跟秀秀一樣。」又說：「戲如人生，人生如戲，你敢說哪一個眞實，哪一個比較虛假？」阿公呵呵笑。

秀秀嘗過陳穎川親手燒煮的四菜一湯，聽他解說這五道菜的由來，又對梅悄悄說：「阿川哥眞是『才貌雙全、學藝兼修』。」說得好像學習評量表上的「導師的話」。

陳穎川做的四菜一湯是：火炒青椒肉絲、黑豆豉小冬菇炒雞絲、蒜蓉油炒空心菜、油淋醬汁蚵仔煎和一大碗紅番茄蛋花湯。

他只在冰箱隨手翻找，便揀出需要的材料。秀秀自願擔任助手，接受指導，也就是洗菜、切肉和遞碗盤、打蛋花這一類第二線工作，可她開心哪。

梅開啓攝影機，爲他們拍攝紀錄。

秀秀在哪一次班級活動，不是擔任第一線任務？不管她策畫主辦或別人安排進行，秀秀總能躍居第一線，指揮這、發派那。這回，她還沒來得及鑑定陳穎川的虛實眞假，就心甘情願接受他的指導，似乎把三天後的高中聯考也忘得乾淨。

「沒辦法，美人難過英雄關！」秀秀掐揀嫩脆空心菜，笑說：「爲考試，難道本姑娘也不吃、不喝、不睡嗎？要是考不好？我乾脆去巴黎留學，順便陪我大姊。妳知我大姊多古板，只想讀書，也不會交朋友。我爸媽擔心得要命，說法國帥哥那麼多，她別只拚得一個博士學位回來，其他，什麼都沒。大姊研究的又是老骨董的歷史，很少人弄清楚的《十九世紀蘭陽平原溪南開發史與台灣移民分類械鬥之硏究》，光這樣的題目，就會嚇倒人，我爸媽說的。」

「秀秀，妳自己怎麼說？」

「我？讀書不外生活，生活裡很多大大小小的事，都很重要，我才不光會讀書、啃書，還打國際長途電話回來問『開水煮開了是什麼樣子』！也不會打理自己、不會談戀愛、不會煮菜什麼的。」

「妳在說誰呀？」

「要是我有這毛病，就說我。」秀秀笑說：「我姊啦！」

梅想到自己從小到大，學習評量表的「導師的話」，多半就是「性情文靜，品學兼優」、「自尊自愛，學習用心」、「天資聰穎，獨善其身」之類的話，換來換去，比較特別的一次也不過「閒雲野鶴，與世無爭」。想自己對功課，從來沒特別期望，只是安分讀書，讀學校發下的書。生活，生活應該是怎麼樣，可以怎麼樣，從來也沒留意過。

就算學校的家政課，她看得多，做得少，有時也不看得在乎。隱隱還覺得，這些瑣碎雜務，何必瞎鬧著玩？又不當廚師、當裁縫師或成天起火烤肉，那不過是休閒娛樂的班級活動，和生活何關？

梅平舉攝影機，對準掌廚的陳穎川。看他以猛火油爆肉絲，將條切青椒倒鍋快炒，手法俐落甚且優美，「說這叫瓦斯爐對不？眞好用，我爸媽是槍櫃城有名的總鋪師，辦桌的，他們要是用到這款瓦斯爐，不知有多歡喜。我不想當總鋪師，他們說大人小孩、男男女女都要學煮飯做菜，至少能做給自己吃。這味青椒炒肉絲，是我所學的第十八味家常菜。」

「阿川哥，你自己喜歡吃嗎？」秀秀嗲嗲問道。

「愛吃，自己愛吃的氣味，炒出來給人吃，人家才會愛吃。陳輝少爺帶領叭哩沙義勇去開蘇花步道、去砲台山征討法蘭西紅毛水兵，我爸媽帶一牛車鼎盤隨軍去煮食。陳輝少爺跟義勇一起吃大鼎飯、大鼎菜，我另外給他炒一盤黑豆豉小冬菇炒雞絲，陳輝少爺吃得笑嘿嘿，吃得領兵更有氣力，還下令每三天就要炒這味，讓眾義勇也能吃得脾肚開⑥。這味黑豆豉小冬菇炒肉絲，在咱叭哩沙槍櫃城就這樣出名了。」

一頭一身摩登打扮的陳穎川，穿套圍兜炒菜，又說得一口這樣道地的河洛話，在騰騰油煙中，還眞特別，特別得有點奇怪。他不時以左手搔按後頸的動作，尤其特別。

透過攝影機的觀察幕，梅將他炒菜的順序動作和所說的每句話，看個分明、聽個清楚，能感受他的喜悅，還有一種回憶中淡淡的憂傷。

這是很奇特的感覺，過去不曾對別人有過的敏銳感應，這又意味了什麼？梅不懂。

秀秀一手抓兩顆雞蛋，打進碗裡。潔白瓷碗裡，清透蛋白和兩粒鵝黃小球盪漾開來，好看。秀秀捨不得將它們攪勻，拿小調羹輕輕撥弄，讓兩粒蛋黃溜溜轉。她說：

「阿川哥，聽你講話好有意思，古代的事，講得跟昨天一樣。我覺得你好有學問，不管你是前世記憶，還是什麼附身，或像林梅說的飛碟送回來的，反正我們都不怕。反正我個人覺得，一個人的想像力很重要，想像是創造之母，有創造力的人也是最有趣的人。」秀秀問說：「不知你會不會怕我們？」

「不怕，只是不太聽得懂。」

秀秀還是笑：「聽說你不會講國語，難道也聽不懂？」

蒜蓉已在油鍋內噴香，鮮脆青綠的空心菜下鍋，一陣雜響。陳穎川持鏟翻炒，說：「福蘭社的北管戲曲，有很多正音北京腔，我可以聽懂一點、猜懂一點。跟咱叭哩沙義勇合開蘇花步道的清兵，有人講廣東腔、江西腔或安徽腔，我也敢跟他們黑白講；他們黑白聽，好像也聽懂了。」

秀秀和陳穎川有說有笑，梅看得也開心，但還要說：「要是妳考不好，簡爸和簡媽別來找我們，秀秀！」

「考試也要心情好，對不對？」

「就怕心情好過頭，考試的精神不集中。」

秀秀切開一顆紅番茄，一沾脣，說：「這顆番茄這麼紅，怎會酸得這樣？」又笑。

注釋：

①暈頭轉向。

②眼神炯炯。

③無聲無息。

④伴手禮。

⑤太極拳中的名招。

⑥開心開懷。

第七章　風雨海天間的茫茫大問

拉芙爾在離家十天的一個晚餐後，又自行返轉。

她以夾雜菲律賓英語、河洛話和台灣國語的三七五語言，說了一大串不告而別的理由。阿公不愛聽，氣得罵她：「妳愛走就走，愛來就來，就算住旅館，妳不也要到櫃台登記一下嗎？要是出問題，有個三長兩短，叫我們怎樣跟妳家人交代？怎樣跟勞工局和仲介公司交代？我們簡家哪一點對不起妳，妳的工作，我們什麼時候多說兩句？我看妳是過得太輕鬆、太自由了！」

阿公氣得拿枴杖當節拍器，也不管拉芙爾聽懂幾句，他邊罵邊敲地板，還眞把拉芙爾罵哭了。

梅將事情經過和拉芙爾的來歷，說給陳穎川聽。

陳穎川靜靜聽著，左手伸到後頸揉按，低頭想著，又抬頭，看拉芙爾、看梅、看著阿公。

客廳的燈光，忽然斷電，過幾秒鐘，又閃閃爍爍恢復明亮。在燈光閃爍時，梅看見一輪光圈出現在天花板下，就像那天到老爸家，在客廳看見的光圈，是一輪晶亮的小光點集合成的光圈；隱約還有一陣薄荷涼的清香飄來。

阿公改口說道：「拉芙爾在哭是不？」他換了溫和語氣：「妳出門打拚，事事項項都不利便，這點我能了解。若不是爲家人，爲自己的將來，誰願飄洋過海來台灣討生活呢？我們實在眞替妳煩惱，妳地頭生疏，手頭又不方便，若堵到困難，要怎樣呢？哎，轉來就好，平安轉來就好。拉芙爾，妳比我這些孫輩大不了幾歲，妳就把我當阿公看，把這裡當作自己的家，就算暫時的家也好。」

阿公這一說，拉芙爾似乎全都聽明白了，卻哭得更悽慘，直說：「阿公，眞失禮，我以後不會偷跑了，我要把這裡當做永遠的家。」

「那怎麼可以？妳工作期限一到，存夠錢，還要回妳菲律賓的家，親人都在等妳。」阿公笑說：「妳的心情，我可以完全了解啦，妳了解我們的心情嗎？」

「了解，多謝阿公。」

拉芙爾說了解，大家對她的「十天流浪記」，卻聽得一知半解，拼湊不出一個完整的經過。

她說，離家出走那天早上，在宜蘭監獄和大樹間的小路，發現三個人在跑步，跑到大樹下躲藏，又跑去土地廟拿水果吃。她知道人家拜拜的水果不能亂吃，過去罵他們。

那三個年輕帥哥，都剃光頭，穿汗衫、短褲和拖鞋。他們被罵也不生氣，有一個還會說英語，知拉芙爾信奉天主教，笑她那麼久沒去望彌撒，聖母瑪莉亞不會保佑她。

一部寶藍色轎車開過來，拉芙爾就和人家去教堂了。他們答應望過彌撒就送她回來，她想好久沒出門，出去一下也好。

轎車開去爬山，爬過天公廟曲折的朝山小路。到處都是山，沒有紅綠燈。很久沒坐車，頭好暈，瞇瞇看，像回到菲律賓馬尼拉郊外的家鄉，要是有椰子樹、高腳屋和教堂就好了。

三星鄉拱照村怎會離教堂那麼遠呢？

拉芙爾說那三個穿短褲、拖鞋的光頭帥哥，到一個車站坐火車，三人逃溜了。轎車把她載去一個港，看到海；又載到一個漁港，看到很多小船。碼頭邊有一座廟，比土地公廟大很多的廟，有很多人的廟。

她說轎車司機好心，在一家海產店隔壁幫她找到一座教堂，可惜不是天主教堂，是基督教堂。那司機放她下車，走了，再見也沒說一句。

拉芙爾這幾天就在那不知地名的漁港，幫一家海產店洗碗盤，從中午一直洗，洗到半夜兩點鐘，天天這樣洗。

漁港有一座跨港大橋，每天清早，她喜歡一人去走橋，看漁船進出、看海上日出、看造船廠那些未完成的新船。

拉芙爾被人「放鴿子」的漁港，是南方澳嗎？

她說不知。有一天，沿海邊走，忽然下雨，她在海邊涼亭找到一把舊雨傘。打了傘又繼續走，走著，就想到馬尼拉的海邊。雨傘給海風吹得開花，她一直要把它摺回來，弄不好，她氣哭了，還捨不得丟掉傘，一直跟那把開花的傘拚鬥，摺了又開，開了又摺。

拉芙爾說，離家一年多，常想哭，但她知道不該隨便哭，也不知該去哪裡對誰哭，不知以哪件事爲開頭來哭；以爲可以找到天主堂，跪在聖母瑪莉亞座前，趁著許願哭一回，沒想到天主堂這麼難找。

沒想到那把開花的舊雨傘、頑固的舊雨傘，讓她在無人的海灘，找到了痛哭一場的好理由和最佳所在。她說：「能哭，眞好！」哭得忘了濃重的魚腥味，忘了洗碗槽的油水味，忘了離家千里的心酸，忘了離家前和姊姊吵架的忿怒，雨水和淚水一頭一臉，哭聲和濤聲唱和，感覺眞好。

拉芙爾看見海灘擱淺的一艘巨輪。船上有人正在冒雨拆船，看她舉著開花的雨傘，他們大笑、大叫。有人從錨鍊爬下來，問淸她的來處，帶她去搭車。她就這樣回來了。

槍櫃城是個富裕大城

從此，阿公到顯微宮廟口找老朋友，隊伍越來越浩蕩。原來只有梅和褐黑灰毛夾雜的阿凱陪伴，之後加入了膚色白裡透紅的陳穎川和黑裡透紅的拉芙爾，再來是永遠和阿凱走在隊伍前頭的林棟。手持枴杖、微笑行走的阿公，恰似善男信女簇擁的垂眼出巡的城隍爺、玄天大帝或土地公之類的神明，不說神氣沖天，至少熱鬧非凡，陣勢不弱。

考完高中聯考的秀秀和巴黎第八大學趕回來的珍珍大姊，她們加入得稍晚，幸有秀秀的熱絡張羅和珍珍大姊非常專業的問題，才讓這個出巡團的熱勁延燒、影響擴大。讓事情的演變帶去另一個方向、另一種境界，也讓梅的《二十世紀最後的夏天》紀錄片，呈現了不同風貌。

可惜，方向沒能來參加，要不，這支出巡團、參訪團或真正的校外學習觀摩團，不知還會迸發出什麼更有趣的事；說不定《二十世紀最後的夏天》的男主角，也要換人做做看。

眼盲的阿公也知方向失蹤的事，他說：「尋物不簡單，尋人更困難；不過，家庭若有溫暖，再遠的遊子也會回來。」

阿里史城顯微宮供奉三官大帝，也就是堯、舜和禹的天官、地官和水官，三位傳說謙讓平和的古老人物。

這裡距離槍櫃城大樹旁供奉的土地公廟，頂多兩公里，阿公領銜的出巡團，卻要走上將近一小時才到。

除了阿公的眼睛壞了，還有配合梅的紀錄片拍攝。這種漫步閒談、曲折行進的隊伍節奏，似乎也很受平常急匆匆趕路上學、火油炒菜上桌的所有團員喜歡。

陳穎川就說：「該快就快，能慢也慢；該動就動，能靜也靜。有時慢慢的、靜靜的，也是一種滿足、一種幸福。」他這種如詩句、如哲言的話語，特別適合紀錄片的旁白配音，比起那些人多嘴雜的家常式喳呼，這話語未必合主題，至少比較高水平、有質感。何況，梅也不確知《二十世紀最後的夏天》可以是什麼樣的主題。

聚集在宮廟埕篷遮下喝茶開講的老阿公們看來，這批有白、有黑、有男、有女，有攝影機和筆記本的少年，連同走坐跑跳無常的阿凱，都像來路不明的少年人。

來廟口拜拜或閒坐的人，多半只有老人和小孩。這些老人裡，還少有更擅長聊天的阿婆，小孩裡少有玩起來更狂野的少年，這些小孩多半是剛學會走路、還在褲襠包著鼓鼓的紙尿褲和介於幼稚園生之間的乳臭小孩。

這一行五、六名男女少年，竟肯撥出寶貴的電玩時間或玩鬧時間，陪阿公來廟口，這不奇特是什麼?他們沒表現一絲不耐煩，還趣味噹噹，有說有笑，這就不是普通奇特了。

梅從攝影機的觀景幕看出來，陳穎川原本只想陪阿公到處走，到處看，去找回他記憶的故鄉。他走在陌生的地景和地物，努力觀察地形和地貌，從新闢的道路和新建的房舍之外，找到熟悉的山勢和圳水的流向，恍如從它們的連綿稜線和瀲灩波光，便能接住回憶的線、照見往事的光。他每次陪阿公到顯微宮的路上，不常開口，開口就是一則傳奇故事。

「十四歲那年一個冬夜，叭哩沙阿里史落霜，家家戶戶都早早熄燈睏夢。山番爬過槍櫃城來取人頭，還放火燒茨。那夜，我阿爸和阿母給人請去羅東辦桌，未轉來，我帶小妹鑽進槍櫃內。我們看山番提兩粒人頭的辮子，也跟進來，彎彎的番刀金閃閃，我蒙住小妹的嘴，她嚇得咬我手指，咬得那麼用力，我不敢叫出聲，以為食指被咬斷。」陳穎川亮出修長的十指，笑說：「十指完好存在，沒斷！」

「穎川仔，你一直講槍櫃城，好像咱凊飯城眞有什麼槍櫃，阿公是在地土生土長的，怎麼長眼珠也沒見過？」阿公問：「槍櫃生做什麼款，你能講一下讓我們知？」

「槍櫃城有一百零八座槍櫃，每座槍櫃一式是丈二高（三百六十公分），都用咱阿里史的石板疊砌成圓筒和四角兩款，槍櫃內雙層木梯，無加蓋，四面留有喇叭口槍孔，雙層可讓八名義勇守衛。」陳穎川說：「兩座槍櫃間的距離不定，有鑿石板疊砌做城牆，有種密生刺竹當圍牆，以圳溝湍流做城內外區隔。」

「城內有幾戶人家？那叢大樹是在城外還是城內？」

「槍櫃城內有百多戶和三十多間羅漢腳寮①，每戶七、八人，每間羅漢腳寮住九個羅漢腳。」陳穎川說：「那叢大樹本來在城外，山番和匪徒利用它樹高枝旺，爬在樹頂躲藏或從樹尾跳進城內，陳輝少爺派人疊砌槍櫃和城牆，將它圍進城內來。槍櫃城型就像個葫蘆，大樹那頭就是葫蘆嘴、葫蘆堵②。」

阿公聽得大聲驚歎：「這麼講來，咱槍櫃城是個大城了？」

「比上不足，比下有餘，阿里史城比槍櫃城還大，但槍櫃城比田心城又大了一點；但講城型，我看槍櫃城的葫蘆型最好看。槍櫃城外的蔗廍也最大間，每日出糖四千斤，是全叭哩沙最勇的一間。」

「你說蔗廍？」

「叭哩沙的土肥、水甜甘，每枝甘蔗都有兩人高；黑甘蔗、白甘蔗生得同款婧[3]。槍櫃城外一片甘蔗園和稻田，有高有低，生青熟黃，好看。菜園都在城內，每一戶茨邊，照四季種植採收，槍櫃城是非常富裕的城仔。」

「啊！聽你講得這樣，可惜咱都沒見到。」阿公說：「越富裕的城仔，也是有一好、無兩好。越富裕，越有生番來刣人頭；有匪徒要來搶劫，是不？你說那兩粒人頭是誰的？」

「飲酒醉的羅漢腳，本德和廖仔的。」

「飲酒醉，無父、無母、無妻兒的獨身仔，更不應該飲酒醉，這麼飲下去，難怪一世人都是羅漢腳。」

天罡星水晶人的腹語心音：

拉芙爾也是率真又聰慧的女孩，她在南方澳內埤海灣和那把開花雨傘拚鬥的表現，我們感覺和她一樣，很精采。

很多地球人都知曉一位名叫唐吉軻德的人，也都譏笑他騎瘦驢、舉長槍，和旋轉的風車拚鬥的事。拉芙爾拚鬥對象的規模，似乎小了些；但那風雨海天的場景，絲毫不遜色；她的精神毅力，半點也沒輸給唐吉軻德先生。

他們都是心中有理想，又被生活現實所迫的人；他們努力為生命找尋出口，為心頭鬱結求索釋放，在最無助難耐的關頭，還不放棄；所以，藉著旋轉風車或開花雨傘，向天地吶喊大問，心境便有了光明，未來便有了展望。

他們的舉措，好笑嗎？

半點都不！

有些糊塗生物，包括地球人在內，多少人遇到不解就消沉，多少人遇到困難便退縮，多少人遇到不順遂便以攻擊或自我毀滅來證明自己的存在？

拉芙爾和唐吉軻德的拚搏，顯現了相當程度的精神意志，他們與風車和雨傘搏鬥長達一小時的滑稽動作，卻創造了一生的氣力。比起多數人，他們滑稽得眞漂亮。

拉芙爾讓異鄉人看來笨拙可笑，大半是語言和文字惹的禍。對地球人來說，語言和文字是最重要的傳達工具，它們便利地承載了人的思想與情感，抒發了意念和需求。地球人無時無刻不在運用它們，可惜，多少人用不準確、用不流暢、用不美好，這也就算了，有人運用得生澀偏頗，還自以爲是。最糟的是，對於不同的語言和文字，有人居然也能用出了主從尊卑，用出了崇拜與輕蔑，用出了自大與鄙視，至於誤解，那更不用說了。

拉芙爾流暢動聽的菲律賓土話，加上變調走音的台灣河洛話和國語，一出口，便讓她顯得笨拙，招來訕笑或大笑。假若，拉芙爾說的是當今地球最強勢的英語，她的情況又要好得多。

拉芙爾是個看顧工，是整理瑣碎家務的女傭，所以，她必定要流利地學好主人們的語言和文字，她的主人們卻沒有這樣的必要？

服務者與被服務人、勞動者與出資人，就有高下貴賤的分別嗎？

在這宇宙的生物，包括地球人在內，多數的紛爭，都來自這些扭曲變形的分別。原該最平等的語言工具和文字工具，攪和在其中，也承載了最多的誤解和蒙昧。

我們天罡星的水晶人，是一種沒有固定形象的人，透明的，也可以不透明；沒有色彩的，也可以有色彩；高大的，也可以渺小。我們有語言和文字，卻多半不運用它們，特別是遊走在宇宙之間，與其他生物溝通往來；我們使用的是心語和靈文——心靈語文，不必開口和書寫，便能相互明白的溝通術。

這是我們水晶人的特異功能嗎？

不！

多數的宇宙生物，都擁有這樣的能力，與生俱來的功能。地球人也是。可惜，多數地球人的這能力消失了或隱藏了，這消失或隱藏，和地球人的年紀、性別、血統、膚色有關，但它們都不是重點。

注釋：

①單身漢的工寮。

②地名。

③美貌、俊秀。

第八章　誰家來的超時空宇宙遊子

陳穎川提到三次「弄破鼎」的往事。

陳穎川訴說自己最爆笑又驚心動魄的糗事，不怎麼笑，其他人笑翻天，他倒像沒事人，那樣苦苦傻笑。

十三歲那年，他突發奇想，做了一對比人高的高蹺，在龜背般隆起的稻埕試踩。「我扶一棵檳榔樹起身，小小步地在稻埕走一輪，七個弟妹比我還歡喜，結隊跟我跑一輪。他們推擠追撞，喊也喊不聽。不知哪個在我背後一推擠，猛撞一下，高蹺站不穩，我大步向前跑，一直跑去屋簷，拼拼碰碰，一腳踢翻一竹簍碗盤；乒乒乓乓，一腳踩破那口曝日的大鼎。」陳穎川傾前倒後，雙手亂抓，說：「我抓住屋角一排瓦簷，抓不緊，一直抽瓦片，抽了五、六手才抓住。弟妹在稻埕閃跳。才學會走路的雲山，半點也不驚，跟人笑、跟人跑，還來拉蹺腳，喊說：『阿哥抱！阿哥抱！』老爸自外頭轉來，看得一腹火，進門找來一把柴刀，一刀劈斷我右腳高蹺，劈甘蔗一般，眞是眼明手快呀！」

陳穎川說他老爸也不把兩腳高蹺劈得一般高低，讓他這樣一腳長、一腳短，想逃，腳步走不開。

想到陳穎川惹禍弄破爸媽辦桌營生的大鼎，半身掛在屋簷，被他怒氣成關公的老爸，舉柴刀那樣劈來砍去，那場面多驚怖，多讓人腳痠手軟。

在梅攝影機裡的人，卻都驚笑出聲、搖頭竊笑或乾脆仰天大笑！眼盲的阿公也笑得擦眼油，彷佛看見陳穎川逃難脫險後的青白臉色和睜突的大眼，說：「穎川仔，你要練武功，也得觀前顧後，弄破你老爸煮食的傢俬，他沒舉菜刀追你，算是手下留情了。各行業都有他們的要緊傢俬，木匠、土水師①、師公、做田人和教員都有傢俬，你敢把它弄破、弄丟，試試看。」

林棟無聊，還唱那首〈天烏烏〉：「天烏烏，欲落雨，阿公仔舉鋤頭，欲掘芋……阿公仔欲煮鹹，阿嬤欲煮淡，兩個相打弄破鼎！伊呀嘿都眞正趣味。」

假若陳穎川所說都屬實，他便是超時空的宇宙遊子。外人所看的趣味，不正是他的悲哀嗎？他以少年身姿，回到離別一百多年後的故鄉，除了山巒和大樹依稀可認，老家不見了，父母、弟妹和親友都不見了。他們的下落都該問一問，但問得急切，卻只問到模稜音訊或佚失的下落，那失望的程度，不也和急切成正比！

陳穎川盡說些笑鬧糗事，再略略提起他爸媽和弟妹的名字和形貌，想來也經再三思索，能讓自己安度流浪的方法。

想到這些，梅也怔了一下；從小到大，自己從來不懂為別人設想，從來也不懂這麼將心比心去體會別人的感受。陳穎川來了，因凝視攝影機觀景幕，一切都有了不同。

陳穎川的弟妹，依序是敬江、清河、寶釵、寶簪、文泉、寶惜和雲山，連他共五男三女，他爹娘叫陳明圳和許素葉。他將這些名字，用磚片寫在稻埕水泥地上。梅的攝影機一一掃描，覺得不夠，叫林棟到她書桌抽屜找來卡片和奇異筆，要陳穎川再寫一遍。

陳穎川在遠別父母弟妹之前，曾這樣寫過至親的名姓嗎？曾這樣一筆一畫恭謹地寫，一筆一畫鐫刻了濃濃思念地寫?梅回想自己，儘管五年來，一家分爲兩家，也從來沒這麼寫過家人的名姓。

這又意味了什麼?

不知去向的方向，偶爾想起家人、親戚、朋友和老師，會不會也寫下大家的姓名?會不會一時記不起來?會不會根本嚇忘了或樂忘了?

方向離家半個月，半點音訊也無。

所有人就這麼束手無措，只能茫然等待嗎?

回歸的巴黎博士候選美女

二〇〇〇年七月十五日，冬山河親水公園舉行的「國際童玩藝術節」，來了第二十萬個「榮譽參觀人」。一個即將形成颱風的低氣壓，在恆春東南方的東沙群島海面出現，報紙將兩件事排在一起，不知何意。

前一天，珍珍大姊搭了十六小時飛機，從法國巴黎回台灣，連夜趕抵家門。這天一早，她和秀秀共騎摩托車來到三星鄉拱照村(叭哩沙槍櫃城)。

兩年不見的珍珍大姊，紮一頭金髮馬尾巴，在日頭陽光下黃亮閃光。最讓人眼睛一怔的是，她鼻梁上原本厚如防彈玻璃的近視眼鏡不見了，換來明豔照人的碧藍色隱形眼膜。最令人驚駭的是，她原本矮胖的體型，不但變得高挑苗條，甚至有了模特兒儀態。

三十一歲的大小姐，有這款表現，這實在太神奇了。

梅和林棟以被嚇到又激賞的眼光盯著她，珍珍大姊只顧笑，梅只好也笑。秀秀大聲說：「不敢認呀？金髮碧眼的人工美女，我姊，簡珍珍大姊，昨天半夜回來，我們全家都看得好開心，怎樣？有進步，怕了吧！」

沒啥可怕，只有點怪，再看兩眼，可也見怪不怪了。

進步的巴黎美女珍珍大姊，頸部以上的造型大規模改變，一身穿著又時光倒流的古典裝扮。

她上身穿小豎領、雙斜襟布扣的紫薇色麻紗長衫，別一隻黃牛胸針；一襲細白麻紗百褶裙，點綴小紫花，裙襬長及腳踝，腳上是深紫緞小亮片的繡花鞋。

珍珍大姊這身穿著打扮，分明是電視連續劇裡，那些清末民初仕女的出客服。她和秀秀共騎山葉復古型五十ＣＣ摩托車，頭戴加防風眼鏡的德軍鋼盔型安全帽，這一路從羅東到三星來的美姿，會不會太招搖？

姊妹花擺放了摩托車，還不捨得放掉安全帽；她們將它夾在腋下，在大樹外通往顯微宮的小路遊走，走舞台步似地讓陳穎川、林棟、拉芙爾、阿公和梅的攝影機還有阿凱欣賞。

有些人被三人以上的群衆注目，手腳便不知往哪處放；有人只要面對一部照相機，表情便僵呆呆，便渾身不自在了。這對顧盼生姿、越走越精神的姊妹花，顯然不屬於那種上不了枱面的小腳色、小家碧玉，她們是見過大小場面的國際美女級人物。

她們美美地向觀衆回注目禮，笑笑地對鏡頭凝視。珍珍大姊眨動她全新的碧眼，對鏡頭說：「還可以嗎？東方和西方合璧，古代和現代交融，這就是後現代主義精神；我，就是現代美女做古代學問。」珍珍大姊看阿公聽得霧煞煞，趕緊趨前致意，她拉阿公的手，自我介紹，「我就是珍珍，前年來訪問阿公有關北管福祿派樂工和西皮派樂工大車拚的珍珍，聲音沒變對不？」

她打量帥哥林棟和半張臉遮在攝影機後的梅，又說：「眞沒想到，才兩年不見，你們都變得這麼漂亮、這麼高、這麼精采，連我家秀秀的儀容也進步這麼大。」

說到精采或進步，誰比得上珍珍大姊？比起兩年前的苦瓜臉，她簡直在花都巴黎對自己進行了一場徹底革命，對自己運動了一次汰舊換新的顛覆。做研究、寫論文、攻讀博士學位，還能同時做這種大規模改造工程，巴黎真不是個普通的城市。

珍珍大姊對拉芙爾也不見外，對陳穎川的態度更親切。她凝視陳穎川的神情，看似發現失散多年的弟兄，像巧遇傳記中的神奇人物，又像鑑定一位疑似騙子的來客，看出了一臉驚喜、愉悅和疑惑，很讓秀秀也看不過去，她說：「姊，妳見過白、黑、紅、黃各種奇奇怪怪的人，我，我們都是鄉下人，妳見過世面也不需這樣嚇人。」

陳穎川也不扭捏，直挺挺讓人看個夠。他對珍珍大姊的金髮、碧眼和古裝造型，不見怪，說：「我見過像妳這樣的西國查某打扮。」

珍珍大姊開懷大笑說：「你見過像我這款紅毛番婆？什麼時候？」她的語氣像在逗人：「我像西國查某？」

「同治十三年，在羅東大稻埕，她後來住在震安宮廟內。」

「哦，西元一八七四年。」珍珍大姊說：「大稻埕就是現在的羅東義和里。那位紅毛番婆是你朋友？」

「陳輝少爺在蘇澳海邊撿到，收留的。一台鐵殼船遇到風颱，撞破在蘇澳灣海邊，只剩伊一人。陳輝少爺的夫人不准伊帶回槍櫃城，所以安置在羅東震安宮暫住。」

「我這趟回來，好像來對了。秀秀在電話上告訴我，說你是搭飛船回來的。我搭飛機回來，也是空中飛人，聽說還有一位同學叫什麼？方向，對，他被飛船帶走，離家出走，但沒人相信？」

林棟說：「阿川哥想知道他爸媽後來的下落，還有他七個弟妹的後代哪裡去？珍珍大姊，妳專門研究這裡的歷史，能不能幫幫忙？」林棟又提醒大家：「阿川哥的新髮型是我創作的，帥嗎？可惜阿公看不見，也看不見『巴黎美女』，要不，阿公不知有多歡喜。」

「有你們來陪我，我就夠歡喜囉。」阿公說。

珍珍大姊收回笑容，也換了語氣：「這件事還可以進一步研究探討。我的博士論文最近要動筆，才發現了解得不夠深入；只有事件梗概，缺少人文背景的生活面和經濟面材料。許多事件和事件之間串不起來、兜不攏。這次趕回來，主要想補充這方面的不足，要是能找到一個全新的、現代的觀點，來統合整篇論文，那就太好了。」

「好什麼，聽不懂。」林棟居然說：「妳想跟阿川哥問東問西，有沒想到能幫他什麼？」

珍珍大姊愣了一下，正經說道：「不知，我眞不知。找人或問事都艱難；認眞打拚還得因緣巧合，半點都難勉強。我的博士論文研究，除了自助，也要人助，很多細微又關鍵的重點才能突破。」她又換輕鬆語氣：「就像昨天，我回到中正機場，推三大箱行李走出大門，問到一部要回宜蘭的旅行車。猜猜我遇見誰？對！林梅的老爸。林叔叔，像專程來接我似的，保留一個空位。林叔叔說，有機會想請陳穎川做蘭陽二日遊的導遊。」

「他也知我會做豆油？」陳穎川說。

大家想了一下，爆笑。

陳穎川看大家忍不住大笑，他脹紅著臉，大眼睛望人，問說：「那要做什麼油？」

林棟又看不過去，大喝一聲「不准笑」，他板一張更可笑的臉，也就是裝凶的娃娃臉，恐嚇大家：「誰敢笑，我就罵誰。我跟阿川哥解釋嘛，豆油和導遊味道不一樣嘛！」說著，他自己卻笑起來，笑得臉紅、嗆氣，十二分誇張！

西皮福祿械鬥第一聲

陳穎川第二次弄破鼎，在羅東的大稻埕，他高舉那口大鼎當盾牌，給北管西皮派樂工一鋤頭敲破。

那天晚上，北管福祿派和西皮派樂工，雙方各動員兩千多人，在羅東最繁華熱鬧的中街打群架、大車拚。

參加的成員，主要是青壯年男人，剛變聲轉大人的少年雖是客串加入，流竄的活動威力卻相當恐怖。這些義憤填膺的鬥士，對武器的品味風格，不太講究、不太在乎，只要能握在手上的，都隨手抓來使弄：戲曲樂團用的彎刀、短劍、長矛、皮鞭、長戟、關刀和流星鎚統統派上用場，家常用的菜刀、柴刀、鐵鋸、鐮刀、鋤頭、扁擔和木棍、椅子也找出來揮砍。

這些對陣械鬥的人，有多少是久年鄰居、多少是私塾同學或本來姻親連襟？他們拚鬥到眼紅，沒人管這些，也不分誰是北管福祿派或西皮派子弟。火把亮紅，但誰也看不清，他們呼喊叫罵，見人就打就砍，從街頭的南門江橋頭到街尾的墳場，來來回回追殺。先是木棍捅人、椅子夯人，打到慘叫連連、頭破血流後，血氣正旺的鬥士使出了狠招，砍手、斷腿、剁腳筋，殺到雙眼赤紅，抓來火把順便放火燒茨，搬來石臼塡井斷水，舉關刀劈橋斷路！

在三星拱照村（叭哩沙槍櫃城）長青活動中心大樹旁，聽陳穎川敘述這場驚心動魄「講古」的老老少少，總計十五人。

他們聽得張口喘氣、聽見心頭怦怦跳；他們聽得淸楚但有不解，聽得入神但不太安靜。有人在緊張時刻，常會呆傻發笑，另一種人則是亢奮多話。

梅的攝影機看到陳穎川一手撫按後頸，一手像拍發某種信號似地輕敲膝蓋，她拍攝到陳穎川驚恐又哀傷的神情。其他人，踴躍發表心得又交叉發問，珍珍大姊整理一疊資料卡，像耆老口述歷史座談會的記錄員，專注聆聽，耐心等待。

福祿和西皮大車拚，好像有聽過。不是「拚館」、拚藝術、拚戲曲嗎？怎麼斬手骨、剁腳筋、拚得刣人放火？咱福祿派子弟班都是斯文人，咱的前輩會和人那樣一支長、一支短[2]的車拚？一定是對方無禮！像咱這一群，自少年到老，哪一個不是斯文有禮的人，我說的對不對？

福祿派和西皮派平平屬於北管，會起這麼大衝突，一定有什麼天大地大的過節，才會結這款冤仇。西皮派和福祿派子弟哪有這麼多人，你說兩千多人？穎川仔，你說你住在槍櫃城，怎會跑去羅東和人湊熱鬧？不是湊熱鬧，是車拚！是誰給你撐腰作膽？是誰帶頭？

「福祿派和西皮派子弟加加不過兩百人，是兩派子弟的親戚朋友和看熱鬧的路人自動加入。」陳穎川說：「陳輝少爺是福祿派頭人，西皮派的頭人是文舉人黃纘緒；一個住槍櫃城，一個住噶瑪蘭城。我在大稻埕弄破鼎那暝，天很冷，快過年，陳輝少爺在羅東的義和公館和噶瑪蘭城那間春風得意樓，同時落成，各地的北管福祿派子弟帶團來鬧熱，羅東和宜蘭兩地同時演出，日夜三棚，各六齣：王英下山、探妹、黑四門、賜福會、水仙和送京娘，都是福祿派最精采的戲文。不知是不是戲文太精采，還是場面太熱鬧，扮戲的、看戲的和戲場外就有人控制不住？」

染一頭金黃馬尾巴髮型、戴碧藍隱形眼鏡的珍珍大姊，說：「據我研究了解，北管福祿派和西皮派樂工，都是業餘的。他們的械鬥，在一八七四年以前至少五年，已經開始。但它的詳細起因，我一直沒法將它們兜攏起來。就算那些粵、漳、泉移民，因語言風俗差異，種下械鬥的因，挑夫們因職業利益分配不均搧風點火，怎麼以北管戲曲音樂爲休閒娛樂的樂工，也會跟人砍砍殺殺的械鬥?而且從一八六九年一直爭鬥到一九三八年，整整七十年，實在太誇張了。」珍珍大姊一身東西合璧、古今不分的時髦打扮，說的又是古早故事、骨董歷史，眞有說不出的詭異。她請教陳穎川：「你知當時的起因？」

「樂工各有行業，也懂手腳功夫，對兩派械鬥，由來最了解的有三人：陳輝少爺、黃纘緒老爺和我的戲曲老師簡文登先生。最傷心的人，該是簡文登老師，他將北管戲曲傳入噶瑪蘭平原，開館授課，同時傳教西皮和福祿兩派戲曲，指導兩派的演奏和唱腔，誰知兩派子弟會演變到這款？」

「前年我來訪問阿公，阿公告訴我，他的阿祖也叫簡文登，兩位簡文登是不是同一個人？需要進一步查證研究。據傳說推測，簡文登先生是在清道光二十五年，就是一八四五年自彰化來到噶瑪蘭平原，比陳輝早來十六年，那時的陳輝才七歲，還在福建漳州。當時在噶瑪蘭的黃纘緒，雖然有二十八歲，但他正在準備科舉考試，照我判斷，簡文登先生都不是他們聘請來的。後來，爲什麼陳輝會成爲北管福祿派頭人，黃纘緒成爲西皮派頭人，其中演變又是怎樣？他們兩位怎會領導兩派子弟，在一八七四年爆發第一次大規模械鬥，其中有什麼緣故和苦衷？事件之後又帶來什麼影響？」

茂賢兄眼珠靑瞑以前，是咱拱照村北管樂團的頭手絃[3]、頭手鼓、頭手銅鑼鈔；嗩吶和三弦也都可以當頭手。這款天分，我看是半生成[4]。茂賢兄本籍也是彰化，這在戶籍資料都可查到；照我看，茂賢兄一定是那位簡文登老師的後代沒錯。咱拱照村北管樂團，原本眞正勇。茂賢兄的眼珠故障後，整個零零落落，別說要去和西皮拚館，就算哪一班福祿的下帖來請去湊鬧熱，咱都不敢接帖了。

我好像聽老輩講過，當初西皮和福祿大車拚，是爲著某一個林家和李家的婚事，爲著一條竹篙尾的鹹豬肉和一位陪嫁的西國查某打壞感情。然後陳家來做公親排解，爲著賭債問題，公親變事主⑤，陳李兩姓拚林姓，陳林李結生死，從此互不婚配；迎親陣頭的西皮和福祿兩派樂團，摻在其中，就這樣糾糾纏纏車拚起來。

西皮和福祿的七十年大車拚，拚三代人，想來也不簡單。照我看，主要是「輸人不輸陣，輸陣歹看面」，現代話講的「人爭一口氣，佛爭一炷香」；人不堪被氣到，佛不甘香火被糟蹋到。古早的不講，現在的台灣執政黨和那些在野黨的政客，不也是同款這樣，被氣到、香火被損失了，也同款不時要車拚一下。你說的那條「竹篙尾的鹹豬肉」，我做囝仔時，聽大人傳說過，實在眞趣味。

「當時，半點也無趣味。」陳穎川說：「完全沒想到，歡喜的場面變做血肉滿街路。我跟老爸和老母到陳輝少爺的羅東新公館辦桌，鬧熱還沒開始，我老爸的辦桌班底，已在公館外忙了三日三暝；蒸炊三百隻當歸雞、酸菜鴨、什錦盅和甜粿、草仔粿。我拾頭撿尾⑥，一刻也沒得閒。十二月二十三那日正午開桌，一開三百桌，我騎單輪孔明車，一桌桌送菜，人客看了都歡喜。」

騎單輪腳踏車穿梭宴席送菜，這不成了特技表演？

林棟和秀秀聽得大笑大叫，喊說：「帥呀！」林棟還問陳穎川怎麼端碗盤。

陳穎川起身，張開雙臂示範：「有人自動幫我開路，叫說：『閃啦！閃啦！』每一桌都指定要我騎車送菜，好像這樣送來的肉菜、糕渣⑦特別好吃。這本來有趣味，送過一百桌後，趣味就變艱苦，我的兩隻手，舉不起來。簡文登老師來阻擋，說我今晚要和福蘭社子弟班上台演奏，該好好休息，不可再跑桌送菜。夜場第一棚的〈賜福會〉，是我第一遍上台擔任頭手絃，上台前是應該安靜休息，不過，我還騎那台單輪孔明車去『踩街』做宣傳。」

珍珍大姊問：「那夜的西皮和福祿大械鬥，你是從頭看到尾？」

「那一暝，兩派子弟大車拚的起因，就是我那台單輪孔明車起頭，是單輪孔明車咻咻來、咻咻去惹起事端。」陳穎川縮頸收肩，像隱藏事實已久的罪犯，他被凝視傾聽、睁眼注視的一群男女老少陪審團感召，只得從實招來：「我自陳輝少爺的羅東新公館出發，一手提殼仔絃，一手持琴弓，從羅東中街頭一路騎、一路搖絃，搖的是那曲〈賜福會〉最好聽的中段。一路經過南門橋，左彎到大稻埕、紅瓦厝到浮崙，再彎回震安宮。〈賜福會〉越搖越響亮。那台單輪孔明車彎回中街，一路騎到街尾的墓仔埔，才回頭。那台單輪孔明車是叭哩沙堡第一台，也是羅東人第一遍看見，羅東人看我是『踩風火輪的哪吒』踩街，搖絃做宣傳，看出了趣味，也看出別的意思。尤其是西皮派子弟，看滿街歡歡喜喜，他們看出了火氣。」

「阿川哥，什麼時候表演這招給我們看？」秀秀說：「我覺得好有創意、好帥哦。梅，妳一直拍拍拍；沒拍到這一段就是遺憾。阿川哥，我可以想像那畫面，哎！我們羅東國中的男生怎沒人有這種創意，沒這種本事？怕人嫉妒？『不招人嫉是庸才』，那些嫉妒又上火的人是什麼？我不客氣的說，是奴才！是膿包！」秀秀罵得爽快。

陳穎川怯怯苦笑：「事情鬧太大了，鬧到互相追殺，什麼『才』都變不才。陳輝少爺慶賀宜蘭城和羅東城新公館落成的場面，實在做得太過『春風得意』，做得太大，又無聽從簡文登老師的提議，乘機邀請西皮派子弟來鬧熱。他們心裡不暢快，看我騎單輪孔明車這樣搖擺⑧，心頭難免一把火。簡文登老師再三提議後，陳輝少爺勉強答應，派人去招呼西皮派子弟來就座，另開五桌；捧出來的竟然全是菜尾。將心比心來想，普通人也忍不下這口氣，何況，兩派子弟事先已有楣楣角角⑨的過節。」

珍珍大姊說：「我查遍國內外所有資料，從來沒看過這段描述。有誰能證明你說的是事實，或你對事實的解釋，沒偏離？」

「不知。我只知我對這場大車拚的引起，有不可脫卸的責任。我也不能證明。」

「有這麼嚴重嗎？」

「大車拚的『第一聲』，也是我引起。當我從羅東中街街尾的墓仔埔回頭，一群西皮派囝仔班子弟已在跟隨。他們那種臉色，我沒看出苗頭，只越騎越快，〈賜福會〉越搖越響，任他們越追人越多。過了震安宮，聽得有人喊：『將這個福祿的臭屁囝仔給我掠落來！』一回頭，有人舉長矛、有人舉鋤頭、有人舉劍，追拿逃犯一般，殺氣騰騰。我不敢再搖絃，拚命踩孔明車，過紅瓦茨，衝回陳輝少爺的新公館。才落車，跑回辦桌場，一名西皮囝仔班的少年跑得眞快，隨後趕到。伊舉鋤頭柄對我打過來，我隨手抓起那口剛洗好晾乾的大鼎，雙手握鼎柄阻擋。那支鋤頭像打鑼同款，一打再打，打得鏗鏘響，將一口好好的鼎打出一個大孔，也將陳輝少爺的雙槍打得掏出來，對空兩聲砰砰，開嘴大罵：『誰人放肆，敢來踢館，存心要給我歹彩頭？好膽靠偎來，看我送你一粒槍子！』想來想去，我若沒抓那口剛洗好的大鼎去阻擋，也不會發生那麼一大聲，發出驚動全羅東的『福祿西皮大車拚第一聲』。」

讓水晶人採集全身標本

陳穎川在飛碟上，弄破了第三口大鼎。說是一口清透的寶藍色器皿，一口用途不明的疑似大鼎。

陳穎川說：「水晶人沒要我去捧它、動它，我看它形狀滑稽，看來清透冰涼，宛如某種神祕寶物，自己去試它，手指輕碰一下，果然清涼；改用雙手去捧，忽然熱燙像火燒！捧不著，趕緊放回平台桌面。我實實在在說，我是輕輕一放，像這樣。」陳穎川雙手空捧，張嘴，仲掌，放下，看來沒他說的那麼輕，「啊！它竟然碎裂，化做一灘水。好好一口鼎，化成水，從桌面流下，化做幾百粒藍色水珠，在飛船地板滾來轉去，繞在我雙腳邊，一直轉，轉成幾十粒水球。蹦蹦跳的水球，跳成一圈大圓環，順我腳盤轉上來，套住我腳目，不燒燙了，像一隻溫熱的手，脫掉我的黑鞋和白襪。」

藍色大鼎碎做水珠變成環套，這簡直是變魔術。不久前，電視新聞節目播出一個中國來的孕婦，隔空抓藥，籌生產費。她小露一手，賺點錢就算了，偏偏越搞越大、越搞越熱鬧，幾十部攝影機從各種角度取景，把她號稱特異功能的魔術，用慢動作影片給破了功，給變成笑鬧劇。

飛碟上的軟水晶環套（就這麼說吧），功能更特異。是哪個水晶人比畫指使？它沿陳穎川小腿套上來，按摩似地滾過他的腿肚和膝蓋，在膝蓋停了好一會兒，柔柔熱熱地搓搓捏捏。癢不癢？

陳穎川說他站得挺直又鬆軟，身軀像自己的又不像。癢？不知癢，也不驚慌，只迷糊。那清透寶藍的水晶環套，沒人指使，自作主意、自變形狀，像一雙靈巧的手，剝脫他的褲子和衣衫。

陳穎川說他不閃躲，也不覺得害羞，配合著舉手抬腿，給一口藍色大鼎碎成的水晶環套脫個赤條精光。

這是要洗澡消毒、健康檢查、嫌犯搜身還是性騷擾，怎會這樣？大夥兒聽得納悶，也害怕，特別是全自動的水晶環套，讓人不明用意又進退不得，這比有人動手動腳更怪異，陳穎川那麼直挺挺站著，不怕嗎？

脫了精光，不冷嗎？

飛碟內所有牆面、地板和擺設，全是各種圓弧形，都煥發霧砂銀光，像全新鍋鼎、菜刀或劍刃色澤，有光滑冰冷感覺，但沒銳利懾人的煞氣。

飛碟有窗，大小不一的窗，窗外是朦朦藍光、灰光和偶爾的紅光，就少了阿里史槍櫃城老家窗外那綠竹搖曳的青翠之光。

飛碟在飛嗎？

飛碟平穩如靜止，裡外只有嘶嘶輕響，如無人境地，可它確實在飛翔。還有形狀不定、來去不定的水晶人盯看著。這氣氛該驚悚恐怖，陳穎川卻感到祥和安寧，無憂無懼，即使給脫卸精光，也不冷不熱，覺得安適自在。

陳穎川在飛碟內懸浮三尺高，他脖頸伸直、四肢張開，全身每塊筋骨肌肉鬆軟，比平躺在床更舒服。他仰躺、側臥和俯趴著緩緩翻轉，似乎有人在擺布，又像甘願自動，因半點不勉強，所以不緊張，甚至有靜待下一個驚喜的期待；看水晶人能再變出什麼花樣來。

那軟水晶環套完成了陳穎川懸浮的任務，開始在他身上採集標本。

陳穎川是一棵樹？

軟水晶環套變出各種器皿：小圓盤、雙層夾片和拇指型試管，採集他身上的各種毛髮，一根根放在雙層夾片；抽他的血液、口水和鼻涕放進小圓盤；幫他修剪指甲，刮除腳底皮膚，裝進透明小盒裡。

圓扁大小長短的瓶瓶罐罐，在他身軀前後上下左右飄浮，忙碌得起勁，卻忙而不亂，像幾十隻飛鳥，成群結隊覓食，亂中有序，從不相撞。

其中一個器皿，採集了陳穎川的精液。

他半懸俯臥，如在溫泉水池泅泳，像撐抵硬挺的竹篙划渡，全身肌肉忽鬆忽緊，身軀忽前忽後、上下浮沉，又被翻轉兩圈，從肩胛一股酥癢熱流往下沖竄，下身一陣緊縮，噴射，一枚清透的玻璃器皿接個正著，也完成全套的標本採集。

被這樣抽取擠壓，會痛嗎？

也許驚嚇過頭，陳穎川說不痛，也不知被帶到飛碟的其他老少男女，有沒被這麼檢查和採集。那些黃黑白紅的人，沒一個喊苦叫痛，他走過好幾間工作室，看到有個姑娘正解開裹腳布，有個小黑人在吃一種綠色食物和飲水，有個打赤膊的壯漢在舞一套拳術。不同的工作室，還有牛、狗、豬、羊、雞、鵝、鴨各種牲畜，都成雙成對共處一室。

陳穎川說：「有一間浮吊一大掛熟黃香蕉，另一間是一串串紅蓮霧，看著眞熟識，看了感覺有伴，心頭定。我內心想：那些水晶人帶我們來坐飛船，不可能坐太久。他們再有耐性、再厲害，能對付得了各色人等，要對付那些活跳跳的畜生，有那麼容易嗎？有角的牛和羊不常起性地（發脾氣），一旦起性地恐怕也難收拾；不會飛又時時想飛的雞鴨，就算好對付，那兩隻長頷頸[10]的大憨鵝，無暝無日[11]要咬人，咬不痛，但嚇得人煩，水晶人擋得住牠們嗎？所以，我想不會在飛船坐太久，出門玩一下，沒什麼好煩惱。」

飛船內有多寬？

眞寬。有大有小。

眞寬是多寬？怎會大小不定？

小的比阿里史槍櫃城大樹綠蔭寬兩倍，比望天丘頂寬一倍。

大的呢？

走不盡，總比整個噶瑪蘭還大。

比蘭陽平原還大？那它要載什麼，它要裝多少物件？

陳穎川上過大、中、小各種飛碟，飛碟內格局規畫都是同心圓的蜘蛛網狀或螺旋形，有一層、三層、五層和無數層。怎麼走，都暢通。每個房間放的物件，沒一件同款，它們樣式多，但放得整齊，一點也不擁擠。

「一層又一層，走不盡，每層有每層的氣味；玉蘭香、柚子香、含笑香、青草香、衣櫥香和碗櫥香，淸淸淡淡，聞著心情也輕鬆。」陳穎川說：「沒人帶，自己走，不怕迷路、不驚轉不回。」

他能聞出這麼多氣味，連碗櫥的氣味也聞得出，這種聞法，是想家，還是不想？

梅問陳穎川：「有沒跟其他被抓的人交談？」

「講話？話也不是人人通，但我知人人無惡意，也不驚慌，再講，我在飛船的時間並不久，感覺像兩天、三天。誰知竟是這款！」

他恐怕更不憂不懼、不急不躁、不思不想，他會快樂地到處走、到處看，直走到方向呢？

他滿意了，或飛碟上的水晶人看到滿意才放他回來。會是這樣嗎？

注釋：

①泥水匠師。

②拿傢伙打架、拚長短。

③二胡首席。

④天生的才能、容貌或個性。

⑤仲裁者變當事者。

⑥隨時收拾。

⑦蘭陽名菜，以雞胸肉和豬皮絞碎結凍，再切方塊裹粉油炸。

⑧張揚、目中無人的神氣。

⑨稜角、疙瘩、關鍵或癥結。

⑩長脖子。

⑪日夜忙碌不息。

第九章　二八少年萬物皆獻媚

搭建了圓拱形紅丹漆鐵皮篷遮的顯微宮廟口開講區，平日有廟公常年供應的茶水和香菸；梅的阿公帶領的出巡團來到後，又有了香酥脆、洋芋片、炸雞塊和可樂。大樹下福德廟旁的長青活動中心，也因此熱鬧起來。

顯微宮和長青活動中心有段路程，出巡團到哪，要看阿公高興；阿公的那些老朋友願意不定時轉移陣地，則多半是陳穎川的關係。

這兩地奉茶、敬菸和張羅各式零嘴的工作，由秀秀全權發落，讓林棟和拉芙爾共同執行。他們提水燒煮、沖泡茶葉、淸倒菸灰缸和擺放零嘴，像訓練有素又敬業的服務生，隨時保持茶水充足、菸灰缸晶亮，桌面上下沒有閒雜物。他們這麼不淸閒，還能配合訪談和討論的進行，適時表達個人意見，同時讓趴在桌下的阿凱也分享到適量的零嘴，即便牠常外出遊蕩伸腿，也被招呼在可監督範圍內。

梅在攝影機的特寫中，清晰不過地觀察了每個人，特別是大家無視於攝影機的存在，表現出的最自然一面，真是看不厭。

在檜櫃城大樹下，阿公的老朋友們讚歎：「這些少年若肯加入咱拱照村北管樂團，就好了。憑他們的乖巧聰慧，咱這班福蘭社起身的樂團怎會零零落落？茂賢兄，你就開口跟他們招招來吧！」

「子弟班都要自願來，學習才會著心，半點也不能勉強。他們半項樂器也不會，招來扛鑼怕他們嫌重，現代少年講話是會講，奇奇怪怪的現代歌，什麼『你不要汙辱我的美』會哼，正經要他們唱北管戲曲，就不知歌喉怎樣了？」阿公說：「穎川仔講他做過頭手絃，講是講，也沒人聽過他演奏半曲。像梅她老爸，當初來提親，也講他學過北管，結果呢？」阿公搖頭大笑。

其實，梅的老爸悄悄來過幾次，那些冰涼可樂和整桶的香酥炸雞塊，就是他開旅行車專程送來。他甚至坐在大樹背後，跟人聽得入神，聽得該笑也竊竊的笑，該緊張也伸頸傾聽，只不能插嘴發問，不能隨意走動。

除了梅的阿公和老媽，所有人都知顯微宮廟口和大樹下，來了一位不方便現身的神祕客。大家極有默契地不張揚、不提及；林棟和拉芙爾的奉茶、敬菸服務，卻從沒少過他一份。

阿公提到梅的老爸當年提親說詞之一的「學過北管」，梅的老爸恍如發現一支飛鏢射來，咻地躲閃到樹背下。所有人大笑。這樣的畫面，梅也拍攝到了，連同有一次他發現老媽端來一鍋冰涼綠豆湯，他那種閃躲的軟功和拒絕拍攝的樣子，一併收入《二十世紀最後的夏天》紀錄片中。

梅看得難過。

要是換另一種狀況，老爸怎不能光明正大加一份？

就算情況有變，老爸既有心來到，又何必畏縮閃躲？

梅想到一般人對待失而復得的物件和去而復還的人，那種珍惜和喜悅。老爸自動來歸隊，怎要把自己落到這種地步？他怎需受到大家見不得人似的保護？

梅看得難過、傷感，漸漸氣上心頭，特別是看林棟跟人瞎起鬨地催趕老爸閃避的樣子，她簡直看不過去。

下工夫修整往事的絃和昨日思緒

存放在長青活動中心的樂器，除了蒙塵的大銅鑼和皮鼓不易損壞，擺放在櫥櫃裡的胡琴（殼仔絃）、嗩吶和響板、小鼓，都斷絃、缺柄或皮綻筋裂。就像那些擺放在窗邊的跑步機、按摩椅那些健身器材，早不知給誰玩弄得無一件完好。活動中心的房舍牢固，內部不是空蕩蕩，便是髒亂得可以。

陳穎川誇口說他只要材料齊全，可以修好那些樂器。梅的老爸說，他知台北萬華有一家傳統樂器材料行，他去找零件來。他說：「要是你能把樂器修好，那些零零落落的健身器材就包在我身上！」

老爸說到做到，隔三天，果然找來一大包材料。

他將一包物件攤在大樹廣場外，像擺地攤的古物商；攤出來的是三把更殘缺的殼仔絃、六支不齊全的嗩吶、四坨疑似皮鼓殘骸的東西和更大一堆疑似特異功能暗器的工具。

大家被嚇傻，又看得傻笑！這是什麼樂器行賣的材料？這不是撿破爛嗎？

老爸訕訕說：「萬華那家傳統樂器材料行，十年前就收了。我到龍山寺廟口坐了一時辰，打聽到一班二年前解散的老樂團，一位好心老阿伯，三十年前參加過這班樂團，他帶我去找，在廟後一條巷內一幢空屋三樓倉庫，找到這些至少五十年歷史的高級材料。好心老阿伯了解咱這團的意願，非常歡喜。他說『只要稍稍內行的人，一看就知，這些樂器的材料都是一等一，無得找的上材，拆裝到同款樂器來用，好用，只怕沒高手，不怕年代久。』好心老阿伯交代，這些一等一的材料，將來再生，第一次正式演奏，要通知所有老團員來欣賞，他們要包車來捧場。」

不知老爸說的「好心的」、「內行的」、「一等一的」和「高手」起了多大作用，原本看得傻笑的人，沒人敢再笑。大家蹲在地攤邊，輕細地、撿寶似地拾起這些滿布塵垢的古物；像識貨的內行人，似專業的高手，把玩著一等一的出土珍寶。

梅將鏡頭移轉到老爸臉上，他換了寬慰又自信的表情，說：「這些維修工具，舊是舊，但件件好用，內行人一用就上手。那位好心老阿伯一併贈送。我要回來時，才知他原來是那班樂團的團長。」

獨坐大樹下的阿公說話了：「怎麼一下子跑了了？是誰來賣什麼？怎聽聲音這麼

熟識？」阿公閉眼轉臉，移動監聽方向，索性拄杖起身。

林棟比誰都緊張，壓低嗓子警告老爸：「小聲一點，阿公發現了，他拿枴杖過來了。爸，閃哦！」

「閃什麼閃？棟棟！」梅終於冒火，她大聲說道：「誰規定爸不能來？從巴黎來、從外太空來的人，我們都歡迎，爸爲什麼要閃？」她還向阿公站立的方向說道：「阿公，是我爸啦！他找材料要來修樂器和健身器材！」

一件原本遮掩得生出趣味和緊張的事，突然這麼公開，每個參加保密遊戲的人，在驚駭中彷彿也給洩了底。這時的傻笑和前次的傻笑畢竟不同。被間接點名「從巴黎來的」珍珍大姊和「從外太空來的」陳穎川，像給拳風掃著，挨了一記氣悶的暗傷，愣住。

梅不覺得她說錯什麼，林棟似乎也恍然有悟。秀秀看大家不說話，她說：「就是嘛！」老爸卻像被識破身分的走私販子，沒來得及收拾滿地物件，竟果眞閃了；悄悄退去他的旅行車。開車走了！

梅從攝影機看老爸，看他默默退車，緩緩旋轉方向盤，她看見孤獨的老爸，一個來也孤獨、去也孤獨的失去妻子兒女的中年男人。

梅努力憋忍著，忍著不哭。

陳穎川蹲地翻撿那些古舊殘缺的樂器，一件件端詳，一件件拼湊；將它們舉高、放低、枕在膝上、夾在腿間，說：「很多零件都好用，工具也齊全，我可以試試看，梅仔的老爸實在有心。」

梅聽陳穎川叫她「梅仔」，聽他說「老爸實在有心」，終於哭出聲來。

菲律賓來的福祿樂團新高手

長得黑甜嬌美又胖壯的拉芙爾，加入北管戲曲學唱，是珍珍大姊推薦，她說：「西洋女聲樂家，再胖的都有；越胖，肺活量越大。」還有陳穎川說：「化妝後，再黑也變白，劇情需要，有人還特地畫黑臉，至少，拉芙爾扮將軍，免化妝。」

通常，拉芙爾在阿公外出時，總緊跟在背後。阿公在顯微宮廟口和大樹下閒坐，她更像女衛兵，在一旁靜立或靜坐，始終精神奕奕地觀看四周動靜、聆聽任何聲音。

拉芙爾從菲律賓受僱到三星鄉拱照村照顧阿公，一年多來，她能說簡單的河洛話和台灣國語。至於她半猜想的，聽懂幾分，恐怕自己也沒多少把握。

陳穎川聽過她在廚房和浴室哼唱的菲律賓民謠，認定她的歌喉婉轉清亮，極適合在北管的重金屬樂團伴奏下，演唱高亢激昂的樂曲戲文。陳穎川說：「學唱北管戲曲的子弟，很多不識字的，只要了解意思，唱那變腔京音的戲文，照樣有高有低、有入有出。拉芙爾人眞巧，只要有興趣、肯用心，其他不是問題。」

「烏羅索羅的拉芙爾唱北管，又是個查某（女人），這妥當嗎？」阿公笑問：「別團看到咱這款陣容，會不會笑咱黑的白的都來，黑白來。」

珍珍大姊說：「阿公，沒人敢笑啦！咱拱照村北管樂團幾年沒出陣，都沒人笑，重新組團出陣怎會有人笑？」她說：「唱歌弄曲不分男女，興趣和用心最要緊，您說是不？拉芙爾服侍您，你若答應，她才敢應好。」

阿公大笑：「妳這個珍珍，去巴黎吃幾頓法國料理回來，怎就變得這樣會講話？軟話有硬意，阿公聽懂啦！妳沒問拉芙爾，怎知她有興趣？」

拉芙爾是閒來無事，想跟大家湊熱鬧，還是眞對唱歌弄曲有興趣，她睜亮眼睛，羞怯點頭。

林楝說：「要是別人有意見，拉芙爾可以女扮男裝，這不就解決了嗎？」他好像很聰明的樣子，又說：「拉芙爾都參加了，我也不好意思閒著，還有我姊、秀秀姊和珍珍大姊也應該來報名。糟了，這樣女多於男了。」

「樂團演奏和演唱，只看才藝，誰教你分男分女？」秀秀說：「你怎麼不男扮女裝？你扮了女裝，全部都是女的，就沒有男女問題了。」

「我像嗎？別忘了，還有一位如假包換的男子漢阿川哥，他也要隆重登場。」

「你跟人家比！人家阿川哥是老師，你是初級班的學生。」秀秀嗲嗲地問：「阿川哥，我說得對不對？」

一張臉遮在攝影機後的梅，忍不住笑。

秀秀轉移目標，大喝一聲：「妳不要老躲在攝影機後面。換人，換我來拍。妳怎可在紀錄片裡缺席？」

梅沒吭聲，林楝倒又說：「對嘛！女主角換人做做看。」

「有人說一句話，就讓人笑。」秀秀擺出正牌老大姊的架式，一手扠腰，說：

「林楝，你要尊敬長輩，不要每一句話就讓人叫、讓人跳！」

林棟果眞叫著「我跳，我跳，我跳跳跳」，直跳去陳穎川那裡，說：「老師，請你收我當徒弟，我有好吃好喝的，一定帶來孝敬您。」

秀秀奪走梅的攝影機，追蹤耍寶的林棟，還交代：「要拜師，就當眞，留給二十一世紀的人做示範。」

陳穎川再三推辭，不敢讓人拜師，他說：「唱歌弄曲，自娛娛人，實在有很多戲曲欠學，做老師，不敢當。」林棟從古裝電視劇學來的拜師大禮，要對陳穎川跪拜叩首，陳穎川急笑出聲，一臉脹紅，拚力攙拉林棟胳膊，憑林棟高壯身材體型，他若不半自動起身，三個人使勁，怕也拉他不動。陳穎川大叫：「棟棟，你存心要我折福、折壽是不？你起身啦！」

說到歌喉清亮婉轉，大樹下這批囝仔班，還眞沒人比得過陳穎川。他說話的嗓音，並不特別好聽，勉強只有哈哈的笑聲，聽來爽朗動人。他放聲清唱一支北管戲曲，無需伴奏，卻讓人安靜下來，傻傻地聆聽。

秀秀在伴唱音樂帶掩護下，平時還能點唱三兩首歌曲，一旦少了伴唱小螢幕和麥克風，居然唱得荒腔走板，唱得眼光和手腳沒處放，還唱得忘詞，完全走失了她那種疑似準歌星的演唱架式。

林棟回阿公家這幾天，冷不防也會哼唱幾首流行歌的組曲，嘮嘮叨叨搞笑或沒頭沒尾來上一段，看來似乎有歌膽沒有歌聲的觀衆型新銳歌手。若要他照譜正經學唱，在稍稍清理過的平地舞台一站，就只剩傻笑了。

聽來看去，只剩拉芙爾。

她平時那種台灣河洛話、國語和菲律賓土話混合的三七五語言，換唱北管樂曲的戲文，竟字正腔圓，別具韻味！拉芙爾的黝黑膚色看不出臉紅，她跟著陳穎川走台步、做身段眞是有模有樣，唱到高音處，絲毫不費力，就那樣推上去；低音唱得如絲如縷，委婉悽惻，半點也不見怯場！

陳穎川大表讚賞，「簡文登先生若聽見拉芙爾這款天分，不知要多歡喜。伊聽法蘭西來的貞德姑娘唱北管，也想收伊爲徒，可惜，在我那時代，北管戲曲只收男人，不收女弟子。」

阿公說：「連拉芙爾都唱得有板有眼，你們這些少年要斟酌、要注意了，莫給拉芙爾回菲律賓講，她唱的戲曲勝過我們全庄。」又說：「穎川仔前一句簡文登先生，後一句簡文登先生，這位戲曲先生的簡文登，是不是我的阿祖，我也不敢眞確定，想起來眞不應該。頂輩①一定提起過，當時也無斟酌聽，聽過也放未記，給珍珍問起、給穎川仔提起，越想越，啊！實在是……」阿公大歎一口氣，茫茫四顧。

梅想自己，讀過這個歷史、那個地理，在任何年級的歷史成績，從來沒低過九十五分，但要說到爸爸那邊的家族史和媽媽這邊的族親譜，卻宛如一片空白，就連爸媽分居離婚的遠由和近因，也完全不知，不去關切。

這不知和不關切，難免也有害怕和無力的成分。做爲家族史的一部分，這樣的不予理會，就能消除恐懼和抹除記憶嗎？她想，趁這部《二十世紀最後的夏天》紀錄片開拍，也問它一問吧？

低空掠過也合格

不知秀秀什麼考運，居然跌破所有人眼鏡，考上羅東高中，以一百九十四分從錄取門檻低空掠過。她沒什麼慶幸，當然也不會有什麼不好意思。

珍珍大姊沒事爲她捏一把汗，顯然太不了解秀秀的性情。秀秀說：「姊，你的論文資料趕快搜集吧！有事要問阿川哥，就趁現在，別等他給飛碟載走，妳又要在巴黎抓頭髮。」

秀秀對攝影的興趣，遠不如招呼一幫人忙進忙出來得有勁。她帶領林棟和拉芙爾，將長青活動中心徹底清掃了一遍，上上下下擦抹除塵，連掛歪斜了的窗帘和「養天地正氣，法古今完人」的木匾也拆下擦洗重掛。

陳穎川抓來小板凳，坐在一堆破舊殘缺的樂器中，膝上鋪一塊帆布，手、腳和牙齒並用，爲各種樂器汰換整修。珍珍大姊也抓來一把小椅，坐在他面前，紙、筆和錄音機並用，不停地問，不停地寫，偶爾還充當助手，遞鐵鎚、找釘子、幫拉絃或撐皮鼓；兩人配合無間，像內行的北管師徒一樣。

阿公和他的老朋友們，被請到長青活動中心門口圍坐，飲茶。他們不時進門巡巡看看，再向眼盲的「茂賢兄」報告少年們最新動靜。阿公聽得拈鬚大笑。

「茂賢兄，我看你五年來，笑得都沒這一個月多；三官大帝換鬚有望了。怎麼講？你那叢嘴鬚留三年，越留越稀。人的心情若無清爽，嘴鬚怎蓄得起來？你自己有感覺嗎？沒感覺就自己摸摸看，這一兩個月內，你一叢白鬚又晶又旺，照這樣下去，明年上元三官大帝生日，就可以幫祂們換新鬚、過好年，你的心願就圓滿了。」

阿公還是拈鬚大笑，笑得一口潔白假牙和酡紅雙頰。

林棟說：「阿公，鬍鬚不要一直拈，拈斷了怎麼辦。」

阿公說：「替三官大帝換白鬚，大樹腳這土地公的黑鬚也該換，棟棟呀！你的嘴鬚什麼時候才夠長？」

珍珍大姊對那位「鐵殼船遇到風颱，擱淺在蘇澳港邊，只剩伊一人」的西國查某的下落，特別感興趣。

陳穎川汰換琴絃，細細調整，用他帶來的琴弓一再試音，說：「伊很巧，學話很快，住在震安宮內，整天薰香，跟北管福蘭社子弟班學唱，才三個月，就會唱全本的〈送京娘〉和〈王英下山〉；有人一年還學不起來。講伊的故鄉在法蘭西的馬賽。」

「啊，馬賽是法國南部的一個大港，是地中海畔富裕的港灣，靠近坎城。」珍珍大姊說：「知伊幾歲？怎會坐船出海，流落到這麼遠的台灣來？」

「十六歲，講伊老爸是船長。姑娘上船實在眞稀奇，出海三年更稀奇，全家出海，一路行，一路買賣做生意，一路搜集資料報給法蘭西國王知。鐵殼船在蘇澳受難前，一船五十幾人在滬尾（淡水）登岸，用長槍、玻璃鏡、香水、布料和葡萄酒私人交易，換了鹿皮、紅糖、硫磺和香蕉乾。」陳穎川說：「問伊台灣有什麼資料好搜集，伊也說不清。伊叫貞德。」

「啊！聖女貞德？」珍珍大姊問：「叭哩沙和蘇澳離這麼遠，陳輝少爺怎知救伊上岸，帶到槍櫃城來？」

「叭哩沙義勇愛吃海魚，陳輝少爺每兩天派人駛牛車去南方澳買海魚，每遍載三牛車，是大主顧。陳輝少爺對蘇澳和南方澳的動靜很了解，派人駛牛車將貞德姑娘載回，漁民也無反對。」陳穎川拉動琴絃，音聲流暢悅耳：「這就是〈王英下山〉的前奏。」

「陳、林、李結生死的起因是嫁娶的鹹豬肉和貞德？貞德不住在震安宮和媽祖作伴，怎會去做林家或李家千金的陪嫁？」

「據我所知，沒這款情事，也不相信這款情事。假使貞德姑娘要出嫁或陪嫁，還有陳輝少爺作主，不干林家或者李家的事。貞德姑娘雖然是西國人，但伊乖巧賢淑，將金頭毛染黑，食、穿、住都盡量和羅東姑娘同款。伊非常思念受難的爹娘和同船的船工，伊唯一的要求，是要求每月月圓那天，帶伊去祭拜。」

「埋葬在哪裡？」

「砲台山腳的海邊。」

「那條鐵殼船叫什麼名？」

「聖保羅。」

「在太平洋的蘇澳海邊受難，在地中海邊馬賽故鄉的親人可能永遠不知，啊！可憐的異鄉人，悲傷的貞德。」

「來叭哩沙開墾的人，早來晚到都是異鄉人，都是迫於生活自故鄉來到他鄉；每一人認眞打拚，打拚將他鄉變做家鄉。陳輝少爺講，看人不可只看頭鬃②、只看眼珠和膚色。貞德雖是西國姑娘，但伊是爹娘疼惜的兒女，是流落他鄉的人，這點和咱叭哩沙的每一人同款。將來，貞德若有中意的對象，陳輝少爺打算替伊做主。」陳穎川以新修復的殼仔絃演奏〈王英下山〉，樂音配他說話，兩者都變得格外好聽，「我跟簡文登老師學戲曲，貞德對我③學，伊還女扮男裝學我騎單輪孔明車。伊手腳俐落又不怕摔，是叭哩沙和全羅東第二位學會的人，對我騎回叭哩沙，在甘蔗園內騎來騎去，又自己騎回羅東震安宮。貞德姑娘眞愛住在叭哩沙槍櫃城，不過，種種不便利。哎！伊招我帶伊去砲台山腳的海邊，我陪伊去過三遍。貞德姑娘還學我踩高蹺去採蓮霧，還要學我辦桌、煮台灣菜。」

秀秀說：「她一直對你、學你，到底是你糾纏人家還是她對你，阿川哥。」

林棟對那單輪孔明車和高蹺的興趣大些，他說：「阿川哥，你教我做，我當你徒弟，我也是手腳俐落又不怕摔，我會認眞打拚學。」

秀秀問她姊：「法國女孩是不是比我們豐滿又熱情？」

「怎麼了？不一定，也有像妳這種瘦抽型的。一般講來，她們比較大方，感情的喜怒哀樂表達，比較直接、比較淸楚。」

「我就知道！」秀秀又追問：「阿川哥，你爲什麼帶她到甘蔗園騎來騎去？甘蔗園內多茂密，你也不怕有蛇、有田鼠什麼的。你什麼地方不好去，把人家帶去那裡，你，你有沒對人家怎樣？」

珍珍大姊笑罵：「秀秀，妳問得這麼淸楚，人家有沒怎樣，干妳什麼事？」她卻直直看陳穎川，似乎也想聽他說分明。

「咱叭哩沙的甘蔗園，像蘇澳海灣那麼青、那麼大片，山風吹蔗尾，像海風起波浪，吹過來，湧過去，眞正涼爽。蔗園內有牛車路，一路去、一路來；蔗園內有圳水流，一條來、一條去。貞德姑娘和我，一人騎一台牛車輪改裝的孔明車，就這樣在蔗園內旋來轉去。」陳穎川說：「咱叭哩沙槍櫃城的甘蔗，雙頭甜，我教貞德姑娘吃甘蔗，伊吮得有滋味。兩人放手騎車，迷失在兩人高的蔗海，也不驚惶；兩人言語未通順，但心意有了解。」他的絃音忽然換了曲調，輕唱了兩句，停住。再重唱：

當春芳草地　萬物皆獻媚
爲著什麼代　抛了伊　遊遠地　重別離
憶昔日別離時　二八少年期
到如今　滄桑兩鬢垂　歎一聲　青春可再來
夜來寒露濟　兩眼淚泫泫
你我相隔在他鄉　亦當作夢來
存亡兩不知　將琴彈別調　恐壞名節聲

多望春花開在心內底

春花又引淒涼淚滴　心傷亦心傷

空斷腸　苦夜長　傷悲淚青衫④

陳穎川突來的歌聲，唱腔高亢，這不清不楚的唱詞，又似乎是低迴的心意。他剛說「漫遊蔗園」多浪漫，怎突來這一段？陳穎川的嘴角，沒事也帶笑，吟唱歌詩更具春風，但，此情此景總有不合。

「青春的歡喜幸福，總暗藏難捨的悲傷。」陳穎川說：「蔗園內的圳水清澈平緩，日頭被青青蔗尾遮住，圳水閃光。我們騎得一身汗，在圳水洗浴。貞德姑娘幫我洗衫褲，晾掛在蔗尾頂；我挽蔗葉鋪成一張眠床，給伊休憩。『二八少年期，萬物皆獻媚』，貞德姑娘面頰醉紅，我又流一身汗，蔗尾頂來了一群雀鳥，吱吱啁啁，每一聲都好聽；蔗葉清芳，陣陣鑽入皮膚，進出的嘴涎都有甜甘。我肩胛的日影一陣燒、一陣麻，宛如燒水淋落來，貞德姑娘聲聲叫著我的名。我講，我在這。」

秀秀按住胸口，一臉黗紅，問說：「你的辮子放在哪裡？」

林棟也問：「對，你的辮子呢？」

注釋：

①前輩、尊長。

②頭髮。

③跟我。

④北管名曲。

第十章　大年雪夜火燒羅東城

阿公的三合院老家，來了陳穎川，也來了林棟，把珍珍和秀秀兩姊妹也吸引來，這熱鬧引人歡喜。

三合院坐北朝南，正身有兩大房，分別住了阿公和梅的老媽，左右護龍各五間房，每間都是中西合璧、宜古宜今的大通鋪，附有全套沙發或桌椅、衣櫃、冰箱、音響和飲水機。阿公的說法是：「一台遊覽車的人客來，也不怕沒所在住。」

梅自從回到阿公家，一直住在右護龍的邊間西廂房；拉芙爾來了，也住這西邊。珍珍大姊和秀秀來作客，梅安排她們住西廂，讓陳穎川和林棟去住左護龍的東廂，一人一間，各管各的。

秀秀第三次來，帶了十串風鈴，掛在十間廂房門外。

這些鋼管風鈴、玻璃風鈴、陶瓷風鈴、竹管風鈴或貝殼風鈴，在屋主進出和山風吹拂時，鎮日叮噹響、叩叩響，熱鬧且不嘈雜、清脆而不尖銳。秀秀說得好：「會聽的人，會越聽越好聽。」

她們姊妹的爸媽，來三星拱照村探看兩次。看她們在羅東和三星兩地來來去去，槍櫃城一住便三、五天，回家轉轉，又跑了，不知什麼人和什麼事讓她們忙得這樣起勁？女孩成天往外跑，住到人家家裡去，不知妥不妥適、會不會太攪擾人？他們總得來走走、問問。

簡爸是火車司機，簡媽和梅的老媽在稅捐處一個部門同事。他們對梅的家庭處境是清楚的，約略也知道這陣子的熱鬧，但總得親眼來看看，專程來拜訪，比較心安。

簡媽仰臉欣賞東西廂房各房門懸掛的每串風鈴，她看見風鈴垂墜的生肖名牌，一眼就認出來：「這不是秀秀的花招嘛？她在家裡掛不夠，外出作客也這麼掛。」她笑問：「妳們是準備嫁過來，在這裡長住是不？」

珍珍大姊年三十一，生肖屬雞，房門外的風鈴垂墜，活生生是一隻雞木牌，木牌後寫著她的芳名簡珍珍。陳穎川十七歲屬豬，林棟十三歲屬兔，林梅和秀秀都屬鼠，秀秀特地把風鈴墜子的木牌加工，畫成美美的大眼白鼠和嬌嬌的小飛鼠。拉芙爾二十歲屬猴，也有一串猴名牌的風鈴垂墜。

梅的老媽對有心又有行動力的秀秀，可說久聞大名，這陣子親眼見識，不敢不加倍欣賞。她說：「將來，秀秀給誰家當媳婦，誰家都會幸福、都會興旺。這些年輕人住進來，我們這個家，變熱鬧也變漂亮了。他們勤快得不得了：洗衣服、晾衫褲、打掃屋前屋後、整理內務、燒飯、做菜、組樂團、說故事又做功課，根本不用我們操心。我教拉芙爾做台灣菜，一直教不起來，陳穎川才來多久？她馬上學會十二道辦桌菜色，我實在納悶。他們一來，不只我老爸整天笑呵呵，廟口和大樹下的老阿伯也都開心了。這又怎麼了？」梅的老媽說：「誰說現在的年輕人沒半撇？他們眞有機會放開手腳做事，我們還不一定抵得過。看他們做得這麼好，我只管吃喝享福，都要變胖了。」

林棟問老媽：「那我呢？」

「你？比我想像好太多了，也是一把好手，但我想，缺了秀秀，少了她來統合領班，情況恐不太一樣。反正，你們都不錯。棟棟要是再主動一點就好了。」

簡爸和簡媽被留下來吃午飯。這天菜色不多，但分量足、口感好，都是道地的台灣家常小菜：幼細的菜脯碎煎蛋、蒜炒空心菜、酸菜肚片湯、大腸炒薑絲、紅糟蒸肉、金瓜炒米粉、蒜蓉醬油醃漬蛤蜊和一大鍋噴香地瓜燜飯。

梅的阿公、老媽、簡爸和簡媽在大廳談天，每聞一陣香，齊齊一聲讚美。他們直到飯菜上桌、碗筷布好，才像遠客一般給敦請就位，接受上賓等級的款待。

這頓飯菜的主廚，仍由陳穎川擔任，珍珍和秀秀是見習助理，負責揀菜切洗和遞送碗盤；拉芙爾和梅擔任端菜擺桌。林棟接了攝影機，在廚房、餐廳和大廳來回拍攝，沒人問他，他自己說：「我這麼拍，看得比誰都清楚。我早就做過見習助理，等有一天，爸來了，我就當主廚，煮一桌菜請他吃。爸每次說我笨手笨腳，我要讓他吃吃看，看他怎麼說。爸沒來，好可惜。」

火車司機的簡爸，凸個肚皮，他說：「打電話請他來，難道他敢不來？」

「他是不請自來，請了又不一定來。」林棟說。

簡媽聽得慌張，看林棟，又肘拐簡爸的胖腰，又看隔座梅的老媽。

梅的老媽給客廳所有人盯著看，直發窘。她收回笑容，低頭攏髮，雙腳合併。她的嘴脣開闔，輕叩牙齒，卻沒說話。

阿公開口了：「據我所知，棟棟的老爸也不是什麼壞人。他對人熱心，工作也打拚；要說缺失，就是輕重緩急不太分。外頭的社會義工一件接過一件，家內工作不知顧；心頭又不定，一年換二十四個頭家不時換工作，家內經濟不知打算。他現在年歲越大，不知會不會想？總講一句，做人要守本分、知輕重，家庭要和好，就要相疼惜、相照顧。人的年歲越大，越無人敢來勸解，老糊塗就是這樣生成的。棟棟的老爸對我是很好禮，怎會變得拆家離戶？一世夫妻，百世姻緣，講來，情義兩頭，總有一頭留。」

梅的老媽忽然起身，說：「吃飯吧！」

林棟又追加一句：「這盤菜脯蛋，爸最愛吃。」

「他什麼時候又愛吃菜脯蛋了。」媽閒閒說道。

「就是最近呀！」

簡媽拉住梅的老媽，悄悄說：「要是他來了，妳不會有壞臉色吧？」又說：「愛吃菜脯蛋還不容易！」

給遠行遊子以祝福

「食後行百步，免得行藥鋪」，飯後，阿公固定要散步。一夥人陪他，順道在村裡問問誰家留有牛車輪，好讓陳穎川製作單輪孔明車。

這樣一行人出訪，還眞像一家人讓長輩帶去行春拜年，隊伍裡的人都開心，被訪的人家也驚喜。槍櫃城內巷路曲行，走著，就讓十個人走成了長長的報喜團。

槍櫃城內至少二十年不見牛隻，僅剩幾戶農家的牛槽，早給耕耘機換占了，沒人保存那種牛車輪。

這麼一家家沒下落的問，阿公說：「倉庫那台腳踏車，穎川仔要拆就拆去用。我那台腳踏車，老是老，勇又有力，爬坡力強，我騎四十年沒修幾次。拆了另有用途也好。」

那些沒能提供牛車輪的老阿公，這些天來，早在廟口或大樹下認識陳穎川。他們見過陳穎川說的那種單輪孔明車，不過，那是在他們的老前輩過世的喪禮法事空檔表演的「弄鬧」[1]時，夾在竹枝耍碟盤，在兩腳高椅上倒豎蜻蜓的「遺悲懷」表演節目中；踩輪場地有點小、氣氛有點怪。要是有成隊的單輪孔明車，在村頭庄尾穿行，能不紅著眼眶地在道士誦經禮懺中途這麼看，大概會好看得多吧。

結伴騎單輪孔明車的少年人，大聲笑、高聲唱，槍櫃城的田野風貌，也肯定大大不同。

沒有牛車輪可提供，又沒有「茂賢兄」那款不必打氣的橡皮輪圈腳踏車來拆卸代用，老阿公們踴躍提供上好木板和鋤頭木柄，要給陳穎川做高蹺。老阿公們說：「我們做囝仔時，誰不會踩蹺？每個槍櫃城的少年都會，這是咱槍櫃城的傳統，也是特色，是祖先傳下來的才藝；踩蹺去採蓮霧、採柚仔，一步當三步，趕雞也便利。」

阿公的超中古腳踏車，就是那種寬把手、反踏板煞車、厚牛皮座墊和超寬後座的「博物館收藏型」，誰看都知它結實耐用。這部腳踏車的構造並不複雜，拆卸不難，但它的鋼鐵和橡膠元件組合，和木造的牛車輪不同。牛車輪儘管也有鐵圈護皮，改裝成單輪孔明車，只要鐵鎚夯打、鐵鋸修裁、鉋刀刮平、鑿刀做榫和砂布磨光；這部腳踏車的銲接和螺栓，恐怕得動用不同工具和手腳。

在三合院稻埕，陳穎川似乎被難住。他說：「拆了輪子，它的座墊支架要怎麼撐上去、架起來？再說，阿公的座車這麼拆，拆好拆壞，都沒了。」

林棟的興致比誰都高，他找來鐵鎚、老虎鉗和螺絲起子，即刻要拆卸腳踏車，「阿公自己答應的，沒問題啦！銲接？我爸做過鐵窗、鐵門，可以請他來支援，沒問題的啦！」他總算發現問題了，「兩個輪子可以做兩台孔明車，少一個座墊怎麼辦？對，方向哥的腳踏車座墊可以拔下來用，這不剛剛好嗎？」

這個林棟怎麼回事？找材料都算到別人頭上去，他怎不打自己那部腳踏車的主意？

「方向哥要真被飛碟帶走，誰知他什麼時候才給放回來？回來後，他還稀罕騎腳踏車嗎？」

林棟到底有沒一點同情心？就算是方向的遺物，他哪有權幫人做主？他自己要是遭遇這狀況，會怎麼想呢？「帥啊！白擔心又能怎樣？說不定方向哥過得好，好得不想回來。要是我，你們都不必替我擔心，給我祝福吧！」林棟滿口「帥啊」，誰知到時會不會哎哎叫！

方向的爸媽從廣東東莞趕回台灣，也報警了，只拿回派出所一張「不明失蹤」的報案回條。

他們也想過登報、發傳單和請新聞記者或電視記者來報導，但越想越納悶，納悶到自己也迷糊不信，只好作罷。東莞鞋廠的業務又不能長久不管，他們停了十天，又忙去了，偶爾打電話回來問：「有沒消息？」不知該要怎麼辦。

方向的腳踏車和手機，他爸媽似乎沒收回的意思；腳踏車一直停放在梅的老爸家，手機由梅保管。

梅天天爲手機充電，保持二十四小時開機狀態。

一個多月來，梅接過幾位同學打來找方向的電話，還有十多回只聽「轟刷」雜音的無頭音訊。梅一直有個想法：方向把隨身攜帶的手機留下，不會沒用意的。她想，方向不論去到天邊海角，總會設法來聯繫。

那些不明就裡的無頭音訊，難說就是方向傳過來。梅對這些不明不白的訊息，不張揚，省得衍生無謂揣測，她甚至將來電的鈴聲改爲振動；她期待振動，又害怕振動，這樣的振動，只她一人知曉，於是期待和害怕的分量，因一人承擔，格外沉重。

方向的極端機伶和極端迷糊，各占一半。只要他願意，在最危急的特殊狀況，他總能設法脫困或傳輸訊息。他這次跟飛碟去或被水晶人帶走，該都是臨時起意，一時迷糊。可不論如何，他總不會消失得像空氣，不給一點消息回音；他不會那麼愚蠢或那麼狠心，永遠不露行蹤。

梅堅決反對動用方向的腳踏車。

絕美恐怖的黑天、紅火和白雪

三合院稻埕充當高蹺製作場。陳穎川是指導示範員，他帶領梅的老媽、梅、棟、秀秀的爸媽和大姊，將老阿公們提供的上好木板和鋤頭木柄，做成十組高蹺。高蹺有高有矮，分成好幾款，個人憑技術實力和信心勇氣，斟酌選用。

三塊磚頭高的低矮高蹺，蹺腳連把手。整支鋤頭木柄當蹺腳的高蹺，高過人胸，徒步行走，威風得很，但恐怕不是普通實力和勇氣的人，站得起來，走得開。

圍觀的老阿公們，看到這些久年不見的高蹺，直說：「我也來試試看！」

七十多歲的老人踩高蹺，合適嗎？

梅的老媽和秀秀的爸媽急忙來婉勸：「讓年輕人去踩，比較適合。五十歲以上的人，多少都有骨質疏鬆症，看一看，指導他們就可以了。」

看不見的阿公，卻說：「老人骨，硬叩叩，好打鼓。我們細漢時，也踩蹺挽蓮霧，從來不曾跋倒！」

梅的老媽說：「阿爸，您是很勇，我們都知，但我媽的交代，您最好記得。這些阿伯，每一位都是勇伯，我們也都知，不過……」

忙爲每一組高蹺做最後整修固定的陳穎川，居然說：「叭哩沙三城的阿里史城、槍櫃城和田心城，每年上元、中元和下元三節，都會舉辦踩蹺走鏢，不限年齡、不限男女都可以來參加。自槍櫃城出發，奔到田心城的『離鄉背井』，再到阿里史城三官大帝廟顯微宮，蹺高不限，各憑本領。陳輝少爺出賞金，頭獎得鋤頭三十支、豬肉三十斤和鴨賸三十隻；二獎減十，三獎再減十。咱槍櫃城的義勇大隊最勇，得獎最多。」

「穎川，你再說！」梅的老媽雙眼抛出兩粒衛生丸。

陳穎川居然眞的又說：「男女老幼全員出動的場面，實在好看。咱叭哩沙的踩蹺大隊，不只作伴挽蓮霧、走鏢的娛樂，還總出動到二結渡船頭，迎娶陳輝少爺的新夫人；在羅東落大雪那暝，趕去打火；最緊急的是，法蘭西紅毛番來攻打蘇澳時，叭哩沙義勇就是踩蹺趕到砲台山。」陳穎川笑說：「我騎得比較快、比較順，所以，在隊伍前前後後做通報，也沒比誰輕鬆。」

珍珍大姊聽得眼睛發亮。她傾身向前，抓一截鋤頭柄，盯著陳穎川問話，像拷問人犯的女衙役，又像見獵心喜的母老虎，「羅東落過大雪？你說羅東落雪？不會吧！羅東的標高，比海平線高不了多少。」

其他老少十幾人，蹲著、坐著或站著的，統統笑。林棟說：「阿川哥，這太神奇了。」

信或不信，一時也難說，就像那些「寰宇搜奇」和「靈異傳奇」的故事，超過認知太遠，多半的人只能等著「聽聽看」。

陳穎川離開滿地高蹺，站去稻埕中央，他環看遠近高低的山巒，看得伸頸、踮腳，看出脣角一抹微笑，也看出了悠然神情，「那年，我十五歲。過年前兩天，咱噶瑪蘭平原落大雪。」當一個人將玄奇的事，用一種誠懇的語調來訴說，用事件當事人的神色來描繪，當他完全不在乎聽者的信與不信；於是，聽者只能在靜默中分派自己的耳朵、眼睛、鼻子和四肢，將所有傳述聚攏成真切感受，甚至可觸摸的情與景。

這些情景，聽者各自不同，卻同樣逼眞生動。

沒人想到噶瑪蘭平原會落雪，沒人想到叭哩沙、羅東和宜蘭也會落大雪。

凍冷了幾天，雪花終於落下了。

白了山頭、白了山腳、白了茨頂，也白了城牆；

凍結了圳溝、凍結了泉井，也凍成簷滴的冰柱；

紅了鼻頭、紅了指頭，也紅了烤手的爐火。

貼在窗縫直直看，好想走出去，測一測稻埕的綿綿雪花，究竟淹過腳踝，還是埋過了膝蓋？

家家戶戶的爐灶，幾天幾夜沒熄過；燙雞鴨、攪甜粿、炊芋麴、煮長年菜、燒水洗浴。茨頂的煙筒、茨內的水氣和茨外一樣，白茫茫。

雪，在黃昏停歇，天和地只剩黑白兩色。夜越深，天色越清也越黑，地景越亮也越白，黑白都分明。

陳輝少爺加派義勇守更，提防山賊和生番來搶劫；其實，更加提防單身的義勇「每逢佳節倍思親」，提防有人心情鬱卒，一時想不開，一百零八座槍櫃各加派兩名義勇，槍櫃間再加一名巡邏。義勇持長槍、配長刀，身穿黑棉襖、打綁腿，頭戴藤編斗笠。還有口令問答：「過年去哪裡？」「吃鴨賸配米酒。」

我草草吃過年夜飯，踩蹺去陳輝少爺公館報到。

陳輝少爺備妥兩千枚紅包，我踩蹺陪他到各槍櫃分送。我走在前頭帶路，喊說：「過年去哪裡？」槍櫃的所有義勇齊聲應答：「吃鴨賸配米酒！」

在大雪停歇的暗暝，這樣的回應特別清亮又有趣，聲音傳去阿里史城和田心城，那裡的義勇，無人問訊，也齊聲應答口令。

我再喊：「陳輝少爺發紅包，好過年！」

守更的義勇出來探看，長槍和長刀碰撞得乒乒乓乓，應答：「恭喜啦！」

陳輝少爺的身材瘦小精壯，腳步溜掠②，不讓隨從扶攙，他踏雪大步行，歡喜大笑，說：「穎川仔，踩蹺晃來晃去，包袱內的紅包莫給晃散了。這身高來高去的功夫，再給你一面銅鑼，聲威和氣派都有了。」

有人趕緊找來一面銅鑼，給我沿路行，沿路打。鏘鏘鏘！鏘鏘鏘！響脆鑼聲眞好聽，大雪鋪地的阿里史城、田心城和槍櫃城，給我敲出一聲聲過年的喜氣。

誰知我敲一聲，羅東方向的天色就紅一層；敲兩聲，東北邊的紅火浮出半塊紅龜粿。我不敢再敲了。

陳輝少爺爬去槍櫃頂，大喊一聲：「壞了！羅東火燒茨，羅東起大火。來人哪！通知三城義勇，即時趕去羅東打火！」又叫：「穎川仔，大力敲鑼、大力敲，大力給我敲落去！」

五百名踩蹺的義勇，提水桶、舉木棍出城，大步趕過大隱、破布烏、寒溪和廣興③，趕往羅東去打火。

這一路趕，天邊的紅火越燒越旺，越燒越大片。我趕在隊伍頭前，還是敲鑼帶路。路跡給白雪埋了，行走更坎坷，五百名踩蹺義勇隊伍，拖得很長，我若不敲鑼，那些跌倒的、走散的人要怎樣？

我敲得越緊，羅東大火燒得越打拚，苦啊！

我感覺到眞奇怪，羅東起大火，大雪卻直直落，也落得這麼好看？實在不該這樣講，但實在眞好看。

南門江邊的大稻埕、紅瓦厝和開羅全著火，大火以南門江爲界，往北蔓延去浮崙。震安宮也燒起來了。

貞德姑娘在哪裡？

黑天、白雪和紅火。叭哩沙三城的義勇卸除了高蹺，引導逃難的人，過南門橋疏散。沒人看見貞德姑娘。

紅火、白雪和黑天。家家戶戶都在烘火圍爐，無人知曉火母自哪裡引起。多數人推開封門的積雪，已見黯紅火光沖天，想汲泉撲火，井泉已冰固。

白雪、黑天和紅火。若不是人聲淒厲呼喊，若不是火光燙燒滾熱，這款景色媠得沒處比。義勇兵分十路，鑿破冰封的南門江面，排成長隊，汲水傳遞撲火，火場滋地冒水煙。

我隨十名義勇衝入震安宮，搶救媽祖金身、水仙尊王金身和福蘭社所有樂器。沒發見貞德姑娘。

火舌四竄，將南門橋也燒燃起來了。橋板被燒得嗶剝響，燒成一道火橋；江頂一道火橋，江面一道火橋，火光閃閃，亮得人不能睜眼。

羅東四百戶人家，在一夜之間全部無家可歸。貞德姑娘搶救出四把殼仔絃，其中一把，就是簡文登老師的傳家寶，後來交送給我的那把殼仔絃。貞德姑娘自己回到陳輝少爺的羅東公館，見到我和義勇趕到，才直直哭，直直哭。

《二十世紀最後的夏天》，記錄了陳穎川這段「羅東雪夜大火」的口述，雖沒有紛飛白雪和豔紅大火的畫面，沒有奔走逃難的情景，梅將攝影機鏡頭定位，二十一分三十五秒不移動，一般人也能想像那無影的慘烈，感受那無聲的恐怖。

陳穎川緩緩撫按後頸。

梅又想到，天降大雪的大年夜，人們在慶賀團圓的同時，也在慶幸平安吧。那些北管福祿派和西皮派樂工的紛爭，那些不同族群移民的械鬥，那些同一家庭的吵嚷，在面對雪夜大火的身家性命破碎時，又怎麼了？

自己的族親相聚，才叫團圓嗎？自己的家人無災無病，才叫平安嗎？

不同派別、不同族群的人有緣相聚，不也是一種團圓；不同想法、不同作爲的人有幸平安，不也是一種幸福？這麼多紛爭吵嚷，乃至搏鬥傷亡，說到底，是不知惜緣和惜福，都不知怎麼和不同的人共存，更不知怎麼和自己好好相處。

梅想到自己的爲人處世，想到自己的家人父母，想到漆黑冬夜的漫天大雪和奪人身家性命的狂猛火災。她想到了惋惜和疼惜兩字。

注釋：

①台灣喪事中爲哀家遣悲懷的特技雜耍。

②手腳敏捷、行動快速。

③均爲地名，在羅東往三星路上。

第十一章　人若不同心遠如天外星辰

梅的老爸修好長青活動中心所有健身器材，也幫陳穎川的單輪孔明車改裝妥當，焊接完成。

他到長青活動中心修整健身器材，將旅行車停在大馬路外，悄悄走進來，又默默走出去。幸好，被四處遊蕩的阿凱發現了，大吼大叫，奔回三合院通報，才被留下。林棟和陳穎川的反應快，腳步更快。陳穎川攔住梅的老爸；林棟悄悄拔掉老爸的旅行車鑰匙，讓他走不得。

老爸追著林棟討鑰匙，叫喚，又不便叫得太響：「棟棟，你再瞎鬧。爸有一批客人要去載，鑰匙還給我！快來不及了。」

林棟繞大樹轉圈，又繞土地公廟轉一圈，老爸追他，阿凱追老爸，還汪汪叫，把梅、珍珍、秀秀、拉芙爾和阿公也引來。

珍珍大姊搶下林棟手上的鑰匙，還給梅的老爸，她說：「林叔叔，我們都在想您，想請您抽個時間，載我們去蘇澳砲台山一趟。希望阿公能去，林媽媽也能去。」

梅的老爸沒完全聽懂，他握著旅行車鑰匙，看圍過來的每個人，看梅的攝影機對準他拍攝，愈發慌張，再看梅的老媽站在小路外，更不知怎麼應答。

「爸，阿川哥說他帶好多義勇兵，騎單輪孔明車去砲台山，帥呀！阿公那部老爺車要送給他改裝成單輪的，您能不能幫他焊接？改好了，你們坐車去，阿川哥和我輪流騎單輪腳踏車上山。」林棟說：「爸，您留下來吃午飯，我會番茄炒蛋、肉絲炒烏龍麵，每個人都表演一道菜請您。看嘛，媽在那裡等您了。」

「是嗎？她又沒走過來。」

「媽沒走過來，您就走過去呀！」梅對攝影機裡的老爸說。

老爸看小路外的老媽，兩人在小路的兩頭對看，像滑稽的瞪眼比賽，比賽誰看得久，看得不眨眼皮，看誰偷笑出聲。

老媽似乎看輸了，她撤出小路，轉身回家去。

除了眼盲的阿公，其他人包括阿凱，在他們倆之間左右觀察，像乒乓球賽的觀衆，那樣整齊擺頭，希望能看到勢均力敵的精采演出，能看到出乎意料的好結果。

「怎會這樣？」林棟看得掃興，快跑去追老媽，叫說：「媽，妳不能這麼快走！」又叫陳穎川幫幫忙，別傻看。

珍珍大姊接過梅的攝影機，要她去對老爸使勁。

梅和秀秀果眞去挾持老爸，頂著他往前走，「爸，媽這兩天休假，她今天心情不錯，您別那麼快走。別怕，我們都支持您。」陳穎川在後，緩緩撫按後頸，笑著。

林棟又跑回來了。

「媽說歡迎您留下來吃午飯，她說您瘦了很多。」

「她眞這麼說？」

「反正您留下來就好了，她說我們兩人都瘦了。」

「棟棟，你還瘦呀？」秀秀笑道。

「反正爸來了，就不能隨便走，妳幫我抓好就對了。」

阿公也開口了：「孩子們的心意，你們做大人的也應當了解。」阿公的枴杖輕點地面，說：「年歲一年一年大，自己要會想，不管什麼事，總要大事化小事，小事化無事，人總要互相諒解，才能作夥。孩子這麼乖巧，你們做父母的不想自己，也得想想孩子。坦白講，我答應留給三界公的鬍鬚長不好，大多數原因就是給你們夫妻這樣鬧、那樣吵，吵吵鬧鬧得發不出來；我講啊！你們夫妻兩人實在對不起三界公。」

「阿爸，我知啦。」

「知就好。」

「今天實在不能留下來吃飯，下午兩點以前要到達中正機場接一批客人。這樣好了，今晚我把電焊機帶來，要改裝什麼腳踏車都可以。明天不出車，大家要去哪裡，我負責載到底。」

老爸還是走了。

他的背影，看來不只孤單，還眞有些瘦了。梅叫說：「爸，開車小心。」其他人跟著叫，也叫來天邊的陣陣悶雷；雷聲隆隆，從海天的方向滾動過來，滾過大樹頂的上空，滾向山嶺的高處，滾過每個人頭頂和髮梢。

滾動雷聲帶來翻捲的烏雲，匍匐山風吹起雀榕落葉，才聞到潮溼氣味，急猛的夕曝雨就來了。來得讓一夥道別的人來不及揮手，他們扶持阿公躲進長青活動中心，前腳踏進簷廊，後背還是讓夕曝雨潑了半身溼。

高蹺風情自有不凡

日落後，不見梅的老爸回抵槍櫃城。

晚餐的菜餚，每一盤都撥分一角，留給老爸。晚餐後，梅和秀秀收拾餐桌，她們挾了一盤菜，撕膠膜封住，留待老爸回來，再送進微波爐加熱。

過七點，梅撥第五通手機給老爸，還是「您撥的電話，現在沒有回應，請轉入語音信箱」。這有點奇怪。

林棟纏住陳穎川學踩高蹺。天黑了，兩人在稻埕繞圈走，左右護龍各廂房的房門燈點亮，交錯的光源，將一高、一低、一胖、一瘦的兩個人，投射出十幾道晃動灰影。

梅被秀秀慫恿上場，珍珍大姊鼓勵拉芙爾也踩踩看。拉芙爾猶豫不定，看著梅的老媽，老媽說：「沒問題，走走看。」

梅和珍珍大姊踩的是有扶手的高蹺，她們像纏腳的宮廷仕女，踩一步便落地，一落地就嘻哈笑。向來身手敏捷的秀秀，也好不到哪裡去，把個高蹺踩得前傾後仰、左歪右倒，她誇張的大動作配上響亮笑聲，惹得所有踩不穩的新手更笑得厲害，更走不好，紛紛罵她：「不准妳再笑了，魔音傳腦，誰聽都腳軟。」

陳穎川的踩蹺功夫，果眞不假。他踩那對高過人腰的高蹺，直走、橫走、倒退走，像赤腳走平地那樣穩，還能大跨步和小蹬步換走，若要他踩蹺跨過稻埕圍牆，似乎也難不倒。

陳穎川讚美林棟有踩蹺天分。林棟剛學踩蹺，直接選了一對沒扶手的及膝高蹺，他給陳穎川扶站起身後，眞就走得有模有樣，他一步步在稻埕繞圈，還說：「跟穿木屐一樣嘛！哦，長高的感覺眞好，再高一點，我就可以灌籃了。阿川哥，踩蹺有什麼花樣，你教我好不好？」

拉芙爾不出聲，在她房門外的小板凳套穿高蹺。她選穿的居然也是沒扶手的高蹺，沒人扶拉，她一起身就走了。小步地、默默地走，沿著右護龍簷廊前的邊線來來回回地走。

一夥嗑呼嘻笑的人，沒留意她。還是坐在阿公身旁的老媽發現了，提醒大家：「拉芙爾才眞走得好，你們看她走的姿態多好！」

拉芙爾走得挺胸抬頭，走得像在舞台走秀的服裝模特兒。她不看高蹺、不看地面，她看觀衆、看屋頂、看屋頂上的滿天星光。風吹來，房門外的所有風鈴都被吹響了，叮叮噹噹，彷如都爲走台步的她伴奏輕和。

哦，拉芙爾走得眞好！

「小小孩就會走了，踩蹺跑步，踩蹺採檳榔，踩蹺抓椰子蟹；姊姊出嫁，踩蹺送她到丈夫家。」拉芙爾說。

哦，怎麼這麼好？

屋內似乎有電話鈴響，沒人去接。

大夥停下來，欣賞拉芙爾的踩蹺美姿；她這樣黑胖的身形站在高蹺上，忽然變得苗條輕巧，每一步都有風情，每個人都得對她另眼相看。

林棟看得不服氣，說：「照過來，我可以走得像儀隊一樣，國慶閱兵的儀隊那樣。」林棟原本走得還可以，這一急，卻走樣了，走得歪歪倒倒，像醉酒濟公。他越急，腳步越亂，終於亂成一團，一屁股跌坐下去。他急得大喊：「阿川哥，師父，你趕快表演幾招！」

阿公說：「好像有人來電話？」屋內電話鈴鈴響，老媽起身去接。

大夥笑鬧不停。梅看手錶，都過八點了，老爸怎還沒過來？她放下高蹺，跟老媽走，走到大廳外的簷廊下，站住，回頭看，陳穎川不願瞎起鬨，看他踩蹺在原地踏步，一副滑稽樣，不禁也笑了。

陳穎川的頭頂高過屋簷，整個身子被各盞燈光照映，看來眞是與衆不同；像斯文俊秀又身懷武功的某一路俠客。梅想，陳穎川眞是個奇妙的人，自從他來到，很多事都起了微妙變化；至少，因爲他，讓阿公的老家稻埕，難得有這樣熱鬧。

這變化，又會演變到什麼地步？會變出什麼好，變出什麼不好呢？

大廳內，老媽抓著話筒直問：「在哪裡出事？現在送哪裡？意識還淸醒嗎？……沒錯，謝謝你，你說博愛醫院急診室，我們馬上過去。」

跌坐在地的林棟，忽然一個彈身躍起，撞著了陳穎川的蹺腳。陳穎川失去平衡，歪斜身子蹲下，又站起，一頭撞在屋簷，他一手掃掉那只寫了他全家人姓名卡片的風鈴。陳穎川沒脫下高蹺的鞋套，踩著亂步奔去圍牆，跺跺跺跺跺！被掃落地的風鈴在稻埕滾動，噹噹噹。

「你爸爸出車禍了！」老媽淒厲喊叫。

陳穎川的膝蓋撞擊圍牆，也喊叫一聲，他整個身子連腳上的高蹺翻越過牆頂，倒栽蔥摔落下去！

林棟和秀秀跑去圍牆外，梅和珍珍大姊回簷廊找老媽。拉芙爾扔掉高蹺，守護阿公。阿公閉眼張望，問說：「出什麼事，怎這樣呼喊？」阿凱在家門、稻埕和牆外三頭奔走吠叫，叫聲無比響亮，讓稻埕更亂成一團！

媽說：「爸爸在北宜公路九彎十八拐大下坡和卡車相撞，救護車正送他去羅東博愛醫院急救。啊！陳穎川怎摔得沒出聲？我去開車，誰跟我去？他要不要急救？啊，誰呀？」

珍珍大姊奔去圍牆外探看。

陳穎川那一摔，摔得不輕。他的下半身坐在牆外水溝裡，兩手撐住溝坎，卻站不起來。他的脖子僵直，臉頰和耳朵似乎在滲血。珍珍大姊一看，說：「不能扳動他頸椎！棟棟，你去打一一九請救護車過來，地點和電話要說清楚。秀秀，妳去幫他打理衣服和日用品，現在去！」又對陳穎川說：「傷到哪裡了？你可以自己起來嗎？不要勉強，慢慢的。你可以講話嗎？」

陳穎川摔跌得不叫苦喊痛，兩粒眼珠直直看人，只喘氣，不吭聲，眞嚇人。發動汽車的老媽，又下車，跑到圍牆外探望，說：「剛才還好好的，怎摔成這樣！啊，怎麼辦？能不能搭我的車？」

阿公讓拉芙爾扶牽來了。他蹲下摸索，輕撫陳穎川的頭、摸他的臉，說：「穎川仔，是怎麼了？怎不講話？有沒有叫救護車來啦？穎川仔，你講話啊！」

阿凱也擠靠過來，用牠的溼黑鼻頭摩搓陳穎川的耳朵，溼答答的舌頭舔陳穎川的臉頰。陳穎川吐出一口大氣，呻吟出聲。他扭動身體，輕展雙手和雙腳，說：「頭暈，欲吐。」

「能不能站起？試試看。」珍珍大姊輕拍陳穎川手背。林棟回報「救護車已經出發了」；秀秀回報「阿川哥的行李打包好了」。珍珍大姊又交代他們：「你們留下來陪阿公和拉芙爾，等候聯絡；所有電話沒事不要一直打。梅陪媽媽到醫院，我等救護車送陳穎川，還有，林媽媽開車請小心，梅要照顧好媽媽，接連闖兩件事，千萬小心，不能讓它繼續。」

秀秀說：「我可以去幫忙，我去！」

林棟也說：「我也要去。」

阿公居然說：「拉芙爾可以陪我去。」

「家裡一定要有人守住，遇到新狀況才有後援預備。我知大家心很急、很想幫忙，這時候去太多人，不一定有用。阿公是見過大災大難的人，最好留在家裡指揮。秀秀和林棟的能力也都很強，反應很快，你們和拉芙爾當阿公的助手，一定可以幫上忙。」

林棟居然說：「我們要先準備草蓆和白布嗎？」

秀秀的反應眞的不慢，抛給他兩粒眼珠衛生丸和手指槓子頭，罵說：「你想到哪裡去了，誰教你七早八早準備那些？你怎知要準備幾份？啊，我說到哪去了？呸呸！」

「那我們要做什麼？」

「把你老爸家的鑰匙給媽。老爸的手機號碼抄給她。老爸的重要證件放在哪裡，統統告訴媽。阿川哥沒有身分、戶籍，沒有健康保險，送醫要用不少錢，我打電話找我爸媽，請他們一定要支援，」秀秀的冷靜、設想周到和行動力，所謂女中豪傑，大概也不過如此。她招呼拉芙爾帶阿公回屋裡，別讓渾身抖顫的阿公著涼。又招呼林棟：「跟我來，去找棉花、紗布，先幫阿川哥止血！」

救護車尖銳的笛聲，從遠處傳來了。林棟竄進大廳，在神案抽屜找到一把強力手電筒，「我去給救護車做信號，妳幫阿川哥止血。都是我害阿川哥的，害他摔得這麼慘，這麼難看！」林棟急哭了，他舉著手電筒畫光圈，一直跑向大馬路去。

福禍與歡悲相依隨

梅的老爸比陳穎川早一刻送進博愛醫院急診室；兩人躺在隔鄰病床，受傷部位可完全不同。

老爸胸腔撞擊駕駛盤，他綁了安全帶，只有兩根肋骨挫裂。猛烈撞擊後，他覺得暈眩和全身痠痛、呼吸不順暢。醫師瞄看床頭毛玻璃的X光片，說：「應該沒大問題，觀察兩天看看。靜養個十天半個月，會自行復元，千萬不能做激烈運動和提重物。」

陳穎川摔得輕微腦震盪，也需要再住院觀察幾天。他耳朵和臉頰的傷口縫了十三針，有些腫脹瘀血，還不算太嚴重。醫師瞄看他床頭的三張頭顱X光片，看了又看，也說：「休息一陣好了。」他轉身要去處理其他急診病患，忽然，又回頭來看X光片。

這一回，他看得更仔細了，似乎發現了什麼不妥。

他輕按陳穎川的後頸，問說：「從前受過傷嗎？」手指一彈，兩名護士擁上，陳穎川連人帶病床，被再次推去X光室。

珍珍大姊追問那位醫師，醫師拿著原子筆尖，指X光片的最底下，說：「後頸有個不明顯影，照一半，不太像身體內的東西，有點像人工植入的某種電子晶片，我不太確定。」

植入晶片？

那不像「有主小狗」植入的追蹤紀錄器？

梅的老爸暈沉地閉眼靜臥，聽見醫師的話，開口了：「穎川仔的傷勢還好吧？他怎麼剛好也摔一下，專工[1]來陪我？」

醫生說：「林先生的頭部沒損傷，表達很清楚，還會說笑話，復元狀況一定不錯。」

梅說：「媽專程來陪你了，急得不得了，開車都忘了開燈呢！」

老爸睜眼，交通警察的口氣說：「怎麼可以不開燈！」又說：「我知啦，謝謝妳，謝謝妳們，讓妳們擔驚受怕。我也實在開得太快。那卡車越線超車，我反應不過來，才會撞上。『呷緊弄破碗』！現在，單輪腳踏車焊接的事，幫不上；明天載你們去砲台山，也吹了。」

「人平安就萬幸，想那麼多。」老媽說：「孩子聽說你出車禍，都嚇呆了。啊！阿爸和棟棟，還有秀秀在家裡等消息，我忘了給他們回報！」媽趕緊撥電話。

珍珍大姊一步向前：「這事讓我來，你們多聊聊。」

「爸，你出院後，就到阿公家靜養，我們才照顧得到。」梅說：「阿公聽說你出車禍，嚇得發抖。」

老爸閉上眼睛，深吸一口氣，露出痛苦的表情，長歎一口大氣。停了半晌，他說：「我眞是很差勁，不是讓妳阿公氣得發抖，就是讓他老人家嚇得發抖，我這麼可怕的人，怎有臉去那裡靜養？」

「媽——」梅拉媽的手。

老媽說：「什麼時候了，還說這些？」

躺在病床上的陳穎川又給推回來了，他腹肚上，放一張新拍的X光片。

護士小姐找來醫師。醫師看了看，又走了。

不久，來了三位白袍醫師，他們輪番看片，又一一摸索陳穎川的後頸。他們用英語交談，以奇怪的專有名詞在討論，神情很納悶，乾脆要陳穎川轉身俯臥，拿一支小型手電筒照射他的後頸。

「奇怪，看不到植入的切口。」

「應該不是腫瘤。」

「類似ＩＣ晶片，非常精密的晶片。」

一位白髮醫師問陳穎川：「會不會痛？會不會癢？」

陳穎川自動翻身，回復仰躺，他搖頭，卻張口伸舌欲嘔。

「我們詳細幫你再檢查一下，若有必要，最好開刀取出來。你知後頸有個東西？記得什麼時候出現的？」

陳穎川閉眼、點頭，還是不開口，甚至不理睬。

「是有人幫你放進去的嗎？」

陳穎川說：「我很好，我不要開刀。我想回家，跟他們一齊回家。」

「最好聽聽醫師的建議，尊重我們的專業，不是想走就走，可以嗎？」白髮醫師說：「問診是我們的權利，也是義務。」

陳穎川索性將雙手抱住後頸，像保護什麼重要器材或器官，擺明了不再讓人動手。

梅的老爸笑說：「躺在這種刀光劍影所在，你只想到保護上面，其他都不保護了嗎？」

老媽說他：「撞得喘氣都痛苦，還有精神說笑？我看你不太需要人照顧。」

「都這樣了，要是我再呼天喊地叫痛，妳們不都嚇跑了？」

梅想開口，但被珍珍大姊拉住，拉到一邊去。她們挪去陳穎川的病牀邊，讓久別重逢的老爸和老媽多說幾句，就算鬥鬥小嘴也好。

也許急診室的冷氣太足，或傷患的體能虛弱，梅的老爸蓋著綠棉被，還喊冷。老媽又去護理站抱來一牀毛毯，爲老爸蓋上。

老爸伸出一隻手，還喊冷。

梅看老媽的手伸出一下，又縮回。她碰碰老媽手肘，輕聲說：「好啦，可以啦。」

老爸握住老媽的手，老媽拉椅子坐在病牀邊，她雙手摀住老爸的手，還輕輕按摩。

老爸深吸一口氣，輕闔眼睛，鬍渣滿布的脣角，似乎有笑，他臉色看來有點蒼白，神情卻幸福滿足。

這時，陳穎川也叫冷。珍珍大姊隨即去護理站再索討一條毛毯。

陳穎川也悄悄將手伸出被外，梅不知自己怎麼想，竟也將手掌伸過去，一手貼住他的掌心，一手蓋住他手背，替他焐暖。

陳穎川的掌心不柔細，甚至有點粗糙。他來到的這一個多月，天天同住一屋簷下，梅是第一次碰著他的手，沒想是在這樣滿是針筒、藥水味和橫躺傷病患者的地方。沒想只這麼輕輕一握，不知有沒給他溫暖，自己竟會全身燥熱起來，手心有汗，鼻尖和額頭都有汗。這是什麼一種感覺呢？

她看仰躺的陳穎川，微閉雙眼，濃眉輕結。他白裡透紅的臉頰儘管受傷迸裂，縫針包紮，仍顯清俊；不笑也帶笑意的豐潤的紅唇上，一抹青髭，嫩生生，也自有可愛。這樣一個來歷虛幻不清的人，一個一百多歲的不老少年，卻這樣具實存在，是個有淚、有笑也有傷痛的人。哎！眞讓人恍惑！

珍珍大姊抱毛毯回來，梅趕緊將手縮回。珍珍大姊爲陳穎川鋪展毛毯，她笑說：「可以啦，熱點好。」還用腰骨頂梅的肩，梅沒坐穩，坐椅晃了晃，整個半身險險趴在陳穎川身上，羞得她一臉紅，惹得珍珍大姊一陣笑。

在傷病患者痛苦難當和家屬愁眉深結的急診室，這麼笑，哪合適？

誰人留下的神祕通訊器

這時，一位年輕醫師來了，後面跟著兩名警察，他們直直走到陳穎川的病牀邊，警察翻開資料夾，詳看陳穎川，又看資料中的照片，還討論。

珍珍大姊站過去，問說：「有事嗎？」

那年輕醫師走了。一位警察問：「例行公事，簡單請教幾個問題。這位先生大名，有沒有證件？」

珍珍大姊說：「哪一種證件?他叫陳穎川，剛回台灣不久。」

「對不起，我不是問妳，我問他本人。」

「他受傷很嚴重，不適合開口，我們都是他的家屬，可以代他回答嗎？」珍珍大姊的風度儀態和咬字吐音，突然格外好：「我相信院方和警方都不會同意在急診室做訊問偵查。是吧？」

「這談不上訊問偵查，只是接到通報來看看；有問題就處理一下，沒問題就算打擾了。請諒解我們警察的工作立場。」警察的談吐好，態度更好，他說：「妳也知道，最近發現不少大陸偷渡客和逾期停留的外籍勞工，爲了社會整體安定，我們有一些必要措施要執行。至於外星人的事，我們實在是沒有處理經驗。」

「外星人會到急診室來嗎？」

警察笑了：「我們手上有些『靖盧』來的脫逃資料，主要是針對這部分。其他，誰知外星人長得什麼樣，跟科幻電影或小說寫的那樣嗎？」

梅說：「我們都是一家人。」

梅眞懊惱，急亂中忘了把攝影機帶出門，《二十世紀最後的夏天》少記錄這場急診室裡驚險又不失有趣的畫面。她又一想，假若眞帶來攝影機，雙手一直握機器，也就沒有自己和陳穎川搗住掌心和掌背的機會了。世間眞正的驚險和最最怡人的溫情，似乎是這樣難以具實記錄，只有留在最深刻也是最抽象的感受中。攝影觀察者和事件當事者的感受，儘管各有體會，但深淺肯定不同，看機會、看意願，似乎只能選擇一者。

躺在急診病牀上，胸口傷痛，心頭似乎又甜蜜的老爸說：「我們是一家人，應該是同心人，但我最像外心人。」

「講什麼？」媽說：「那梅梅和棟棟不成了外星寶寶？」

那年輕醫師又回來，站在兩名警察身旁。

老爸比著胸口說：「我說的是這顆心，不是天上的星星。」

「胸口還不舒服嗎？」醫師輕拍老爸臉頰，再看牀頭毛玻璃夾的X光片，他問梅的老媽：「看起來應該沒有問題。他一直這樣囈語嗎？」

「沒有，才說。」老媽說：「不過，我們都聽懂了，他說的是眞心話。」

這時，梅又懊惱，沒把攝影機帶來。

注釋：

①專程。

第十二章　東西方交響樂以戰火硝煙襯底

半個月後，「砲台山之旅」才成行。

這期間，梅的老爸扭扭捏捏搬回槍櫃城療傷，又似乎越住越習慣。他原以爲大樹下和廟口那些老人，會多問這搬來遷去的事，沒有。向來消息靈通的阿婆和婦人們，分批過來探望。問的都是傷勢狀況，頂多提供草藥偏方，說是「親身經驗，多有效哩」。

老爸獨住左護龍東廂房一間空屋，阿公說過他，要他去和老媽同住，照顧比較方便，老爸笑說：「還看人家要不要照顧，我是說照顧得徹底一點。」他這話是背著老媽說，「這幾天實在受惠美照顧很多了，她白天要上班，晚上回來還有家務，讓她太累也不好。實在講，她以往已經照顧我很多了。」

鄰居阿婆看梅的老爸穿套了束胸復健衣，像個鐵甲武士似地直挺挺走路，也說：「身體欠安，稍忍耐一下，夫妻暫時分房也是對的，男人的腰脊骨最會損傷，想復元就得好好保養，清心寡欲最要緊。」

陳穎川臉頰和耳朵的創傷縫合，過三天回醫院拆線後，沒再回診，不知是他身體好、皮膚復元能力不錯，還是珍珍大姊的護理到位，他只擦優碘和去疤藥膏，連紗布也沒敷貼，那些奇形怪狀的傷痕，竟也變得光滑。

梅為陳穎川換過幾次藥，沾優碘的棉花棒輕擦他的耳垂，問他：「會不會痛？」陳穎川說：「癢！」陳穎川的耳垂豐厚朱紅，那一摔跌擦撞，沒變形走樣，否則，可惜了一對完好耳型。沒想到作風大剌剌的秀秀，怕見傷痕血跡，只敢閃避在門外，有一下、沒一下地撥弄簷下的風鈴墜子，將那張寫了陳穎川全家人姓名的卡片，撥得叮噹響。

老爸的旅行車已開四年多，這一回，肇禍的貨運公司賠償了部分金錢，老爸乘機換買一部全新的十五人座四輪傳動旅行車。聽說，老媽暗不出聲贊助三分之一車款，貢獻了她的私房錢。

「砲台山之旅」在星期日清早六點出發，載送梅的阿公、老媽、林棟和陳穎川、珍珍和秀秀姊妹、拉芙爾，還有糾纏不離、堅持跳上車的秋田狗阿凱。

蘇澳砲台山離三星拱照村（槍櫃城）四十分鐘車程，這一行人，除了陳穎川在百多年前去過，其他人竟只「確實聽過這所在」、「好像有聽過」。

砲台山俯瞰蘇澳港和南方澳漁港，居高臨下，台地離海平面只百米。旅行車穿過蘇澳市街，從蘇花公路起點不遠轉向右側小路，經幾段盤旋，便直上山頂瞭望台和砲台基地。

這一路去，梅有意讓老媽在前座，好讓她和駕車的老爸同排並坐。老媽卻扭捏不肯，推說要讓阿公坐；眼盲的阿公和晚輩們結伴同遊、坐車兜風，已夠開心，他不肯。

林棟的大塊頭擠去前座，說：「媽今天打扮得這樣漂亮，有資格坐前座。」老媽換一件湖綠鑲點碎白花的連身新洋裝，新燙了髮梢微捲的俏麗髮式，又淡掃蛾眉，輕撲脂粉，整體形象是難得的光鮮。「要是媽不坐，你們都不坐，那我要給它坐下去了。」

「棟棟，」梅叫他：「你到後面來。你也不怕擋了我們的視線？」

珍珍大姊說：「要是穎川願意，他倒應該到前座去，幫大家解說導覽。」

這陣子，珍珍大姊錄了整整五支錄音筆，寫了三百多張分類卡片，似乎還不滿意。一有機會她就不停地問、不停地寫。天啊！只對單一個人的田野訪談，得花這麼大工夫，她將來回巴黎整理論文，那又要花多大精神？可佩可敬的是，珍珍大姊拚勁做學問，還不忘把自己打點得美美的，妝扮得十分搶眼，這精神，對一些懶人該有強烈啓示：「天下只有懶人，沒有醜人。」

陳穎川的耐性修養，也讓聽講的所有人歎服。他有問必答，答必詳細，不厭煩、不怕累、不怕口乾舌燥，外加示範動作表示，連體力也相當禁得起，不愧是福祿派子弟班高材生。

寧靜含蓄了無邊充實和傷悲

旅途上，陳穎川說：清光緒十年（西元一八八四年），法蘭西巡洋艦隊來攻打蘇澳港，隨時要登陸了。

陳輝少爺接到通報，即刻派領叭哩沙義勇營五百名壯丁，騎孔明車趕赴砲台山鎮守。

五百名身背長槍、腰配彎刀和弓箭的義勇壯丁，自阿里史城和田心城來，在槍櫃城大樹腳會合。

陳穎川說他在隊伍頭尾來來去去，五百台孔明車，宛如風火輪，翻越草麓山嶺、涉過寒溪溪路，沿大埤湖畔（梅花湖）過石頭城、人公城，轉往武荖坑，再涉白米溪，到達砲台山腳，前後不過一個時辰①。

陳輝少爺同時派十八人一團的北管福蘭社樂團出陣，沿路夯鑼擂鼓、吹響噴吶，五百台孔明車越騎越快，出征像出陣，出陣像出征，煞氣和熱鬧不分。

旅行車沿這條百年前的出征便路，跟著盤旋和跋涉。梅的老爸特地將車速減慢，在少有人車的一路上，那些叭哩沙義勇的壯盛軍容和剽悍威風，加上車內播放的雄渾北管樂曲，那樣的時光景物，似乎都回來了。

旅行車來到砲台山腳，陳穎川和林棟將拼裝完成的單輪孔明車扛下，阿凱也趕忙擠下車，自願陪伴。

因爲林棟再三要求阿川哥示範演出，要不然，他還不信。阿公說：「棟棟，莫這樣刺激人，上回穎川仔踩蹺摔得大孔小裂②，這回，你要讓他摔到山腳去？」「是我自己不細緻，那和林棟沒牽連。」陳穎川果眞騎孔明車上山，阿凱奔在他前頭開道，一路搖尾巴，一路吠叫。林棟陪陳穎川，和他並肩跑步，姿態相當勇健。梅的老媽移到前座，對車窗外喊：「棟棟，你離穎川遠一點，不要又去撞他！」又對老爸說：「你也專心看路，小心又有卡車衝下來。哎，想起來就怕。」

旅行車緩緩在後跟進，老爸將北管樂曲也關了。盤旋的山路靜下來，鳥聲、風吹相思林的摩挲聲，還有可能的海濤聲，也成了寧靜的一部分。

這霎時的靜，讓人更警醒和慌張，也讓人覺得無邊的充實，還有一股不知何處湧來的傷悲。

當年，那些趕來出征的叭哩沙義勇，是遠離父母家人的遊子，是妻兒牽掛的人夫、人父。他們來到砲台山腳，看見了戰火一觸即發的海陸戰場；當隨軍出陣的樂團停止鑼鼓嗩吶，他們又有什麼感受？

在蘇澳灣的軍艦上，那些法蘭西的年輕水兵，又有什麼感受？

珍珍大姊告訴梅：「把陳穎川騎車的鏡頭抓好，這段一定要拍下來。我找遍該找的所有圖書館資料，做過一百三十幾人次耆老訪談，從沒聽見過這段有趣又重要的關鍵。陳輝少爺帶領的叭哩沙義勇，多數也是北管福祿派福蘭社的子弟，他們是移墾的農民，是守城的義勇，也是能演奏各種樂器的民間藝人。法國巡洋艦隊攻打蘇澳港這段記載，有，但非常粗略。我一直懷疑，叭哩沙義勇怎麼能即時趕到砲台山來守衛和反擊？又怎能從蘇澳砲台山到基隆獅球嶺，繼續砲打法國軍艦？軍艦航行海上，他們從陸路追趕，路途那麼遠，怎能追趕得上？看陳穎川騎單輪孔明車騎得這樣俐落飛快，我懂了！」

陳穎川騎著沒把手的單輪孔明車，他扭動臀部，控制方向，在盤轉的山路，毫不費力地爬升。自稱短跑健將的林棟和他並肩衝了一段，漸漸落後。他喘得比阿凱還厲害，但阿凱的四腿，顯然比他有勁，牠陪陳穎川直衝山頂的瞭望台。

秀秀要林棟再上旅行車，林棟理也不理，還是死命追趕。老爸看得直笑，說：「年輕人多跑一點、多喘一下沒關係。」還喊說：「棟棟，加油！」

老媽也笑了，但似乎看不下去，也要求下車，陪這個跑得帥勁全走樣的林棟，防止他滾落山腳去。

老媽下車後，梅舉著攝影機下車，珍珍大姊和秀秀也跟下車。大家慢跑前進，跟在林楝後面。這下子，林楝可威風了，這麼大群陪跑者在後仰望他、保護他，他的精神來了，竟越跑越快，加足腳勁，一路衝刺。

秀秀又下了評語：「早能跑這麼快，爲什麼不早發揮呢？林楝是激勵型的選手，有刺激才有進步。」

相招來看海要惜緣

週日的砲台山上，天光亮好，林木蔥鬱，曲折林蔭小徑有鳥聲啁啾與習習和風，是納涼散心好所在，怎連一個遊人也無？

陳穎川確認這裡的山形地勢和砲台基地，就是他當年來爲參戰義勇烹煮三餐的所在，他依稀找到埋鍋造飯的位置和停放五百部單輪孔明車的背風山坡。

他走來轉去，踩來踱去，竟說：「看一眼，很確定；再多看兩眼，又懷疑了。」

兩尊漆黑的巨砲，比腰身粗、比人身長，安置在方形戰壕砲座上，砲口都朝向蘇澳港灣。砲身和砲座的樣式很古老又沉重，卻又嶄新而光滑，彷如未曾使用過的新產品，兩座方形壕溝，用黑石板疊砌得工整無缺，在夏日豔陽下閃閃發亮。這樣的古砲台遺址，新舊不分，也難怪陳穎川越看越疑惑。

砲台山頂，分明是個清幽寧靜的公園。環繞砲台的是一片青青草原；砲台左右兩側前的老榕樹，長得粗壯濃密，樹下有尼龍網吊牀和磨石子長椅，讓人歇腳休閒。左右坡下各建一座兩樓高的瞭望台，另有一座壯牛拖車的「同心協力」青銅塑像，和大理石打造的「和平祈願紀念碑」。戰爭與和平、古蹟和休閒被安放在一起，這樣的氛圍眞特別，特別得讓人越想越迷糊。

眼盲的阿公被帶到砲台正前方展望，一行九人排排站，分立他兩側。砲台山下的蘇澳港區，是三山環抱的蔚藍海灣。近處的貨輪碼頭、左側的北方澳軍港和右側的南方澳漁港，泊靠著各型船隻。港口燈塔外的礁岩，激起捲邊的白浪，兩艘貨輪和軍艦，正從它左右進出；這些礁岩，還眞像安全島，隔開東西二路的往來。

南方澳跨港大橋，像超大型菜籃，橫跨過漁港出入口。在砲台山頂眺望，這都像一幅無聲圖景，壯麗的超寬銀幕畫面；若不是海風迎面吹拂，這麼再多看兩眼，恐怕也會看得不眞實，看出了虛假。

梅平舉攝影機，緩緩轉向拍景攝影，同時將看見的景象說給阿公聽。看不見的阿公說：「眞好看，蘇澳港是個很大的港。」他笑盈盈側身傾聽，又挺胸呼吸，「聞到海風的氣味，人的精神就不同款。海湧來，海湧去，海水浮浮沉沉，看到海湧的波動，人的想法也不同款。今日，大家能相招鬥陣來看海、來看港、來看船隻有出有入，這也是很好的緣。兄弟也好、姊妹也好、母子也好、父子也好、朋友親戚也好、夫妻也好，人總要惜緣。啊！你們有聽到船螺聲嗎？是漁船、貨輪還是軍艦，怎有炮仔聲？」

沒人聽到船笛聲，只見一艘遠洋漁船，在遠處的南方澳港緩緩移動。沒人聽到鞭炮聲，只見碼頭吹揚起縷縷白煙。

林棟說：「阿公，我們這麼多眼睛和耳朵，都沒您淸楚，你太棒了！」

「什麼太棒不太棒？有眼睛若不看，也是看不到；有耳朵若不聽，也是聽不到。

各人思想不同，就算聽到、看到，也差很多的啦！」阿公說：「穎川仔，你看這個砲台山和蘇澳港怎樣？」

「差很多，海水退得很遠。法蘭西艦隊進入蘇澳灣，就在砲台山腳不遠的海岸停泊，人在船頂走動，看得眞清楚。」

「總共有幾隻船艦？」珍珍大姊問。

「總共有六隻，三隻停在蘇澳灣外海守備；另三隻在砲台山腳的鐵殼軍艦，金閃閃，一隻在前，兩隻在後，船頭和大炮都對準蘇澳。忽然間，這三隻船頂吹號、打鼓又敲鐘，演奏沒人聽過的樂曲，聲勢眞威猛。」陳穎川手指樹林掩蔽的懸崖下，說：「陳輝少爺眞會聽，一聽就聽出了耀武揚威，聽出了刺插[3]和靈感，趕緊吩咐義勇備便三對銅鑼、大鼓和嗩吶，演奏北管戲牌最鬧熱的〈鬧西河〉。同時，發射大炮，奉送兩粒人頭大的炮彈，咻——砰！咻——砰！兩粒炮彈準準打中兩隻鐵殼船頭。船頭起火，船頂的紅毛跑來撞去，垂水桶，提海水撲火。」

「天啊！你們的炮彈會追蹤音樂，比響尾蛇飛彈還厲害。」林棟的興奮樣，比玩那些廝殺遊戲的電玩還有勁，他睜亮兩粒大眼珠，問：「法蘭西軍艦有沒反擊兩粒？

追蹤我們大鑼大鼓的北管樂？」

法蘭西軍艦演奏的該是某一支雄壯的進行曲，它和聲威更雄渾的北管樂，在蘇澳灣廣闊的海面和環灣的山嶺間，各自發聲，交錯合奏，應當很特別，特別得有點好聽。可它們的號音、嗩吶和鑼鼓聲，加上了炮彈的轟擊、沖天硝煙火焰和戰士傷亡的慘叫，這又是哪一款東方和西方音樂的交響？

「我聽貞德姑娘講過，從她的法蘭西馬賽故鄉到台灣蘇澳港灣，駛船至少要半年六個月。」陳穎川的雙掌平擱在眉目上，展望蘇澳海灣；穿雲而出的陽光大亮，海天一片白花花，因為太亮，景物反倒都看不清，「我一直想不通，這些船頂懸掛紅白藍三色旗的法蘭西艦隊，為何不怕艱難、不怕路途遙遠，駛這麼遠開炮？最偎近山腳那隻軍艦，發覺友艦船頭被炸，樂團繼續演奏，又隨即發射一粒烏羅索羅的炮彈。不過，他們的炮力不夠或山嶺太高，那粒炮彈射到半山嶺就停住了，滾落下去，落在山腳海岸才爆炸，炸出一陣水花。」

林楝驚笑出聲：「法國炮彈怎這麼不夠力？法國潛艇、幻象戰鬥機和子彈列車，還有法國人製造的台北捷運列車，都很厲害呀！」

「那是法國的古老炮彈，人家現在的科技多發達。」在巴黎第八大學攻讀《十九世紀台灣宜蘭北管福祿派和西皮派分類械鬥研究》博士學位的珍珍大姊說：「其實，炮彈打來打去也是很無聊的事。叭哩沙義勇的大炮打得準、打得遠，多少也是占了居高臨下的便宜。」

「那隻沒受傷的法蘭西軍艦，一直發炮，一直後退，掩護那兩隻軍艦撤回港外。發射的炮彈也一直掉落到海底，好像別庄的囝仔來作亂，自信滿滿，沒想到被埋伏的人準準夯兩下，驚惶逃走，還一路扔石頭嚇阻追兵。」陳穎川說：「鏗鏗鏗鏗的〈鬧西河〉，自頭到尾沒停歇，義勇歡呼聲中，我聽見山腳有人呼喊：『不要打！不要打！』探頭一看，是貞德姑娘！伊怎樣自羅東跑來蘇澳？」

林楝說：「我知，阿川哥對貞德姑娘不好，沒照顧人家，她要跟法國軍艦回馬賽港，回娘家。」

梅的攝影機照準楝楝。又見秀秀問林楝：「你說到哪裡去？」鏡頭再跟秀秀看向爸媽，她看見老爸悄悄移動，靠近媽，老媽的手被爸的大手五指交叉握住，甩不開，只好藏在裙邊，又怯怯張望，像初戀少女第一次給心上人牽住了。

梅想起被方向和陳穎川握住手的情景，那樣烘暖又讓人顫抖、心跳得讓人暈眩的感覺。方向才失蹤一個多月，自己卻被另一雙手握得如此奇妙，這是背叛了什麼嗎？這是喜新厭舊的無情嗎？情感眞是個虛無又實在的東西，是個涼暖不定、讓人恍惑又堅定的東西。

老媽拿手絹拭去眼角淚水，又順勢擦去鼻頭、脣上和額頭的汗水。挺胸站立的老爸，微笑，凝望白花花的蘇澳灣，深吸一口大氣，又緩緩噓氣。從鏡頭中看去，梅覺得今天的老媽好美，覺得老爸還是那麼帥；他們是一對中年級的俊男美女，在感情婚姻路上受創又再找尋復健療方的資深夫妻。

苦追艦隊送還貞德姑娘

陳輝少爺帶領的叭哩沙義勇兵，繼續從陸路追逐法蘭西艦隊。他們以牛車拖兩門大炮、炮彈和煮食的鍋碗瓢盆，沿海岸便路北上。五百部單輪孔明車咻咻走，經蘇澳、馬賽、加禮遠社過蘭陽溪的大濁水，再經壯圍、礁溪、頭城到北關隘口，又經大溪、大里、貢寮、三貂嶺、八斗子抵達基隆獅球嶺，全程兩百華里，一百公里。

陳輝少爺仍舊指派北管福蘭社，以全套陣頭在隊伍前方造勢；雙牛拖車八台，依序載著成雙成對的木雕燈凸、精工雕刻的彩牌、綢布刺繡金線的八仙頭旗、吊掛大鑼的龍鑼桿、安置皮鼓的鼓架和吹奏樂工、置放茶水和點心的「春盛」，以及押陣的刺繡帥旗。

這樣的陣頭招搖起來，吹奏敲響起來，廟會踩街的鬧熱也不過如此；哪像是海陸大戰的出征陣勢？

「陳輝少爺是好強的人，腰配雙槍的神槍手。這款陣頭氣派，是輸人不輸陣，不輸給沿海北行的法蘭西六船大艦隊，也順便給沿路的福祿派和西皮派各陣頭開眼界。」陳穎川說：「陳輝少爺沒想到，這一路追逐，竟然追了三天兩夜。照他的估計，法蘭西艦隊沒在蘇澳海灣登陸成功，大概會在冬瓜山江出口的加禮遠社登陸，再不，也會在頭城烏石港上岸。沒想到法蘭西艦隊一路巡巡走走、停停看看，竟然過了龜山島也不敢登陸。陳輝少爺越看越氣，說：『我就不信這些紅毛拖著兩隻跛腳船，能擋多久不靠岸補漏修理；那個艦隊元帥，能擋多久不來參見！』」

這個陳輝少爺未免太好戰。兩粒炮彈打壞人家兩艘戰艦，人家沒傷了叭哩沙義勇的一兵一卒，他們要撤退逃離，就讓他們走嘛！陳輝少爺手下又沒戰艦能去海上追逐，叭哩沙義勇也沒幾個能泅水去挑戰，他出這種陣頭，拖那兩門大炮在陸地海岸死命追趕，能什麼用？

「不是這樣。陳輝少爺受派防守噶瑪蘭海岸，責任在身，一定要防備法蘭西艦隊攻擊。一方面，他猜想：法蘭西艦隊因爲發現蘇澳海岸擱淺的法蘭西商船，才會靠近來看究竟，他們是不是要來載人回鄉呢？貞德姑娘既然來了，不如乘機將伊送回船。叭哩沙義勇不惜路途遙遠，苦苦追趕，是有雙重意思。」

雙方人馬，在山嶺頂和海洋上，訊息不通、意圖不明，雙方又開戰過一回，怎麼讓貞德姑娘平安回到她祖國的船艦去？

「貞德姑娘穿著當年在蘇澳海灣獲救的法國衣衫，綁著金髮長辮，跟叭哩沙義勇一路北上。我陪貞德姑娘騎單輪孔明車，一路行，聽伊一路向海面招手呼喊：『法蘭西！法蘭西！』山路和海路隔這麼遠，誰聽得伊的叫喚？我靈機一動，法蘭西艦隊船頂掛紅白藍三色旗，不如做一面這款旗幟讓貞德姑娘高舉招搖！」陳穎川說：「我去請示陳輝老爺，老爺也同意了。我和貞德姑娘趕去頭圍（頭城），買到白布、藍布和針線，啊！整條頭圍老街的布店，就沒有紅布，這眞怪奇。貞德姑娘說白布也可以。」

在烏石港落營，貞德姑娘當夜縫製一面白、白、藍的旗幟，大過陣頭的八仙彩旗，比招魂幡大十倍的超大歸鄉旗。

天光後，又變成紅、白、藍三色旗。

貞德姑娘咬指擠血，一點一滴連夜將白布蘸滿鮮紅血漬，做成一面全新的返鄉旗幟。她蒼白的臉色卻掛著笑意，是期待、有精神，是落難遊子將面見鄉親的神色，有受災兒女將和爹娘相逢的情感。

梅的攝影機，拍不到這畫面，但她不難想見那情景。古代的法國女孩和現代的台灣女孩，肯定有許多不同，但古今遠近的少女，畢竟也有少女的共同心思；不同時空的遊子各有處境，但遠走他鄉的心情，想必也有相近。透過攝影機的鏡頭，梅的感受居然更靈敏，心思更沉靜，更能體會鏡中人和鏡外人波折的情懷。

不握攝影機的其他人，聽見貞德姑娘以鮮血染成一面歸鄉旗，也爲之動容。秀秀大聲問：「阿川哥，一定是你對人家不好，貞德姑娘才會這麼想回去。你為什麼沒留她？人家才十幾歲，少女的鮮血就這樣滴滿整塊白布，你怎麼對待人！」

陳穎川沒應答。

眼盲的阿公說：「出門在外，事事項項總艱難。一個西國姑娘，流落外鄉，路頭生疏，生活不便，語言也不太通，時時要看人目色，事事無人做主。阿川仔想要強留伊，也要留得住伊的心情；要對人加倍疼惜，才有可能。」

「從台灣四百年近代歷史看來，這裡的人，都是遷來轉去、先來晚到的移民子弟。」珍珍大姊說：「我的論文主題，就是挖掘這遷移現象的深層因素。北管樂團福祿派和西皮派樂工，能一次發動兩三千人械鬥，從一八七〇年代一直鬥爭到一九四〇年代，背後的原因真耐人尋味。這裡牽涉到浮動不安的移民性格、生存資源分配、生命價值認識和是非對錯判斷。移民最能接納不同來處的人，接受最新奇怪異的事物，但因安全保障和現實利益衝突，一些糾纏不清的地域觀念、族群意識和宗教信仰、職業類別或政治立場就冒出來了；那些人和人之間的將心比心、感同身受的溫暖就不見了。金髮碧眼的貞德姑娘，在這款社會寄住，真是很難得過好日子。」

陳穎川說：「我應當全力挽留貞德姑娘，也許她會留下。」

陳輝少爺帶領的叭哩沙義勇，火火烈烈趕去基隆獅球嶺。

法蘭西艦隊停在獅球嶺海灣休歇。貞德姑娘高舉紅、白、藍三色旗在嶺腳的海岸奔走，還是叫喊：「法蘭西！法蘭西！」

法蘭西艦隊派出一艘戰艦，緩緩駛近。他們看見法國國旗，再靠過來看仔細。戰艦又響起銅號、鼓和鐘合奏的樂曲，一首激昂的進行曲。另三艘戰艦尾隨過來，在它後面排成扇形陣勢。

那天的海風很冷、很強，貞德姑娘製作的三色旗太大面了，她死命抓住旗竿，人隨旗布在海灘飄搖得東倒西歪。陳穎川跑去幫她舉旗，發現兩百名叭哩沙義勇也下到嶺腳，排成一長列，舉長槍守備。

雙方的迎接和戰備、護送和守衛，擺出來的竟是殺氣騰騰的敵對場面，戰火一觸即發，槍炮一扳即炸。

陳穎川回頭跑，向嶺頂的陳輝少爺報告，要那些長槍隊伍後退，退去苧麻叢十丈外，千萬不可引起誤會。

陳輝少爺同意，他從嶺頂大喊一聲「好」！

那隊長槍隊伍裡，竟然有人發槍。一聲槍響，引發了幾百槍響，竟引來法蘭西戰艦的炮彈攻擊。

獅球嶺頂的兩門大炮已自蘇澳砲台山拖到，它們同時發射，圓黑炮彈從嶺頂畫出兩道弧線，準準擊中那艘觀察艦船頭和船尾，艦身冒起火光和濃煙，還有人聲慘叫，湧浪澎湃。

法蘭西艦隊大火炮，打不上獅球嶺，所有炮彈都落在嶺腳，在嶺腳海岸爆炸，炸出砂石、硝煙、水花和血肉。

陳穎川看到，貞德姑娘被她祖國的炮彈擊中。他聽見獅球嶺頂有鑼、鼓和嗩吶吹響的〈鬧西河〉高亢雄渾的樂音。

戰艦一路撤退，一路發射。陳穎川看到艦身底下的白色浪花揚起，看到貞德姑娘的鮮血染紅了海岸的浪花。他總是聽見〈鬧西河〉激昂的樂曲，在山風和海潮中飄盪。

貞德姑娘的身體被那面三色旗捲住，被洶湧海浪捲去，一直捲向艦隊退去的海面，一條紅色水花揚起的回家之路。

法蘭西馬賽港來的貞德姑娘，不見了。

海波洶湧，每一翻捲，都揚起浪花。赤烈日頭照在獅球嶺海灣，隱隱升起一道彩虹。淡淡的虹橋，離海岸似近猶遠，離海面似高猶低，它跟著法蘭西艦隊越退越遠，終於不見了，不見了。旗布捲裏的人、虹橋和船艦都不見了。

沒人留住貞德姑娘。

注釋：

①兩小時。

②傷痕累累。

③不順遂、不稱心。

第十三章　魂魄往來無去也無回

回程，一行人從砲台山靜默步行，結伴下山。該是唯有這樣，才能平息波濤起伏的心情，沉澱一件慘禍的驚悸。

對於參加那場遠年海陸戰役的人，這行老少，與他們一個也不熟識。那些戰死過半的叭哩沙義勇兵，也未必是他們的族親，因在戰場上，所謂最英勇或最莽撞的將士，都不能倖免於難，可這些人畢竟是咱的鄉親與血緣不遠的人子；即使是家在遠方的法蘭西水兵，他們的遺傳基因，都是和我們有九十九點八個百分點相同的人子。

戰火在遠年，炮聲在他方，感覺卻存在眼前，活動在身旁。貞德姑娘的音容笑貌和她的悲苦情仇，那樣模糊又無比清晰地穿越時空，步步進逼，步步都有聲地走來。

老爸的旅行車在隊伍前方，緩緩引導。

秋田狗阿凱來回奔竄，汪汪吠叫。牠從坡頂的砲台基地衝下，衝到步行下山隊伍前頭，緊急煞住，又大轉彎，朝隊伍吠叫三聲，像一匹馬似地再衝去坡頂。

沒人理牠。阿凱續轉三回後，吠叫得更來勁了。阿公說：「阿凱一定有事，牠發現什麼了，誰跟牠去看看。咦，拉芙爾，拉芙爾有沒跟在我身邊？」

眼盲的阿公，判斷完全正確。阿凱發現少了一人下山，拉芙爾還在砲台頂上，沒跟下來。

林棟和秀秀跟阿凱跑去，其他人也回頭。旅行車上的老爸還沒發覺異樣，車輪繼續滑下山去。

梅說：「拉芙爾一直站在阿公身邊，怎一轉身就不見？」陳穎川說的那些事、那些人和地理位置，梅都聽得不太清楚，拉芙爾哪會聽詳細、聽出什麼想不開的感觸，不會吧！

拉芙爾沒走遠，就在仿古巨砲前的懸崖邊張望，還看不過癮似地看得入神。報訊任務圓滿達成的阿凱，在她腳邊吠叫又咬扯她衣襟，拉芙爾揮手撥牠，還看。

這拉芙爾怪怪的，她怎麼了？林棟和秀秀分走她兩側，遠距觀察。秀秀輕喚一聲：「拉芙爾！」林棟問說：「妳好嗎？」

拉芙爾收縮下巴，緩緩轉頭看林棟，她黝黑的臉頰有笑，眼珠直直的，睜得好大。向來膽大的帥哥林棟，被嚇退一步：「拉芙爾，妳看什麼？看人怎用這眼神？」

拉芙爾似乎不認得林棟了，她不轉頭，定住了，凝視著他微笑。林棟被她看得渾身發麻，右移一步，卻被老榕樹浮凸的盤根絆了一跤，跌坐在地，叫說：「阿川哥，趕緊來啦！」又叫秀秀：「妳看拉芙爾怎這樣怪怪的？」

秀秀只看到拉芙爾如木頭定根的背影，她從林棟那被嚇退跌倒的驚慌面孔，也被嚇到了；她順手撿起一支礦泉水空罐，不靠近也不跑遠，連拉芙爾的名字也不敢叫。

陳穎川大步走來，他環繞凝定不動的拉芙爾一圈，像欣賞一座銅雕。他伸手摘折一枝帶葉榕枝，拂塵似地在拉芙爾頭頂、雙肩、胸口和後背輕拍，喃喃有詞：「陰陽有別，各有歸處，該回的快轉，該轉的快回……」念出一串咒語。

拉芙爾忽然開口唱道，是個粗瘂男聲的唱腔：

羅成在長亭把言奉告

尊一聲表兄且聽弟言

泗水關設下銅旗一座

自有爲弟做主張

陳穎川給拉芙爾的唱腔怔了一下，他繼續爲不動如銅雕的拉芙爾輕拍榕枝，好似作法驅魔的某一路道士，看得林棟躲去榕樹後，其他人都擠靠噤聲。陳穎川居然也接唱：

呀呀呀　馬兒一聲聲不住嘶

怎比得項羽烏騅，怎比得跨驊騮

提鞭逃亡去　怎吐得萬丈虹兒

倒做了一朝思鄉　前途去

不能夠　百戰魂飛

拉芙爾轉動脖子了，她轉動身體了，她伸出一手，指向蘇澳海灣，唱：

遙望一輪旭日　急回頭　千里密雲

去也遲　怎能夠度函關　歸故里

俺提鞭去　俺可也地動天移

陳穎川向「拉芙爾銅像」拱手拜別，說：「送了。」又舉帶葉榕枝在拉芙爾左右兩肩輕拍，喊一聲：「轉來啦！」

只見「拉芙爾銅像」鬆軟下來，她左右搖晃、前後俯仰，陳穎川趕緊從她背後頂住，還叫秀秀和林棟過來攙扶。林棟被叫了兩聲才踱過來，他離拉芙爾兩步遠，抓她手腕，平伸，還說：「怎這麼冰冷？」

秀秀雙手抓拉芙爾胳膊，拉芙爾竟然笑出聲來。這一笑，又把秀秀嚇得鬆手。拉芙爾說：「我看到一艘貨輪，好像掛菲律賓國旗。」又說：「阿公呢？大家要回去了嗎？前面的那個漁港，我以前來過，就是找教堂那次。我認得那座菜籃橋，我就在港邊的海產店洗盤子，每天洗、每天洗，手變得白白的、泡泡的。有一天，我走過橋，到海邊看浪花，啊！要落雨了，在清風涼亭撿到一支雨傘……」

「好了，好了，拉芙爾好了。」陳穎川以手掌輕拍她的背。拉芙爾這一「回來」，這一「好了」，怎變得叨叨說、碎碎念，她要眞變成這樣，那不糟了？

林棟問說：「可以放手了嗎？」

陳穎川才說可以，林棟就像扔掉一條蟒蛇似地扔掉拉芙爾粗壯的手臂，他跳去陡坡，站到老媽身邊，直說：「拉芙爾的手冰得不得了，媽摸摸看，我的手也變冰了。」他牽住老媽的手，一牽就不放了。

阿凱的鼻頭在阿公腿邊摩搓，又咬住阿公的枴杖，要牽阿公走，阿公問：「拉芙爾怎樣？」

「不知看到什麼，想到什麼。穎川找到伊，叫回來了。」梅往前走。林棟說：「姊，要不要帶枴杖去？讓阿川哥拿阿公的枴杖作法，比較有效吧！」

「出門在外，難免會想家。舉枴仔去作啥？」阿公將枴杖抓緊，揮趕阿凱莫糾纏。

拉芙爾在平日愛哼歌，但話不多。這一回又唱又說，叨叨講不停，像一種酒醉的人，要她住口，一時還眞不容易。她被「放鴿子」的漁港，果眞就是南方澳，她去過的海灘，若不是豆腐岬，就是內埤海灣。

啊！她說過「海灘擱淺著一艘巨輪」，那不正是年初放寒假第一天，全班同學在內埤海灣看見的那艘「黃金船」——被乍然躍升的朝陽，照得亮麗的擱淺巨輪嗎？

拉芙爾說：「那個從錨鍊爬下來的人眞好，我告訴他在哪裡當幫傭，他說好像見過我。」

「見過妳?他叫什麼名字?」梅問道:「他長什麼樣子?」

「他不說名字,他帶我坐巴士到羅東,又帶我去轉車,回拱照村。他在羅東就走了,沒帶我去教堂。很英俊的年輕人,他掏出一本書,手指夾住,一直轉;不轉書,他就咬指甲,咬得很專心。」

這人會是誰?怎這麼像誰?

「拉芙爾,都過二十幾天了,妳怎沒講見過這個人?」

「你們沒問。他也沒叫我講。」

老爸的旅行車又退回來了:「我在山腳等好久,等無人。怎麼又回頭了?」

梅問拉芙爾:「那個年輕人在當拆船工人?」又對老爸說:「能不能也去內埤海灣看看。拉芙爾上次走失,她去過那裡,遇見一個人,很像我們那位失蹤的同學。」

「沒問題,現在就走。」爸笑說:「就是他姑姑來找人的方向?不說他跟外星人走了嗎?」

陳穎川說:「我看他笑嘻嘻走上去,我不會看錯,是他把東西交給我。」

這整件事，越想越奇怪。

陳穎川早不回、晚不回，一回來就碰上借居拱照村（槍櫃城）的梅；方向早不出現、晚不出現，一出現就遇見第一次走失的拉芙爾。這未免太巧合，所以，更讓人疑惑不解，像誰的精密安排，被安排的人卻渾然不知。事後回想，越想越納悶，而且，懊惱，懊惱到讓人迷糊。陳穎川真搭飛碟回來的嗎？他在望天丘看到的人和拉芙爾在海灣棄輪見到的少年，是同一個方向嗎？

消失如幻的黃金巨輪

旅行車趕赴南方澳內埤海灣，在盤轉的山徑，駛過港灣碼頭、橫過跨港大橋，穿行在曲折如迴腸的漁村巷道。梅覺得快慢都不是。

若急急趕到，眞找到失蹤一個多月的方向，該說什麼？

若急急趕到，遍查不到方向下落，那靜待中保有的一絲希望，會不會被現在的急切，擠壓出更大的失望，一丁點希望也消失了？

梅的老爸將旅行車開上內埤海灣堤防。

碧藍海灣依舊，彎月形的沙灘依舊，海岸邊的清風涼亭和南安國中的校舍依舊，那尊面海站立的觀世音菩薩石雕依舊；只不過，那艘擱淺在崖下沙灘的「黃金船」不見了。

海波緩緩推送，陣陣洗刷沙灘。那艘通體鏽黃且亮麗的擱淺巨輪，消失得不著一絲痕跡，連該有的鐵皮碎塊或鏽粉鐵屑，也早給海波刷洗乾淨，統統給人拆光。

拉芙爾焦急說：「我看過它停在那裡，有很多工人在拆它，有老人、有年輕人。」大家陪她回來看船，但船不見了，她恍如對大家開了一個玩笑或扯了一個大謊，一時又變不出一艘船來指認，更急了。梅拉她的手，說：「我知，我也見過。」但梅說得輕，說得若無其事；拉芙爾對於這樣的諒解，更感到無從交代，於是更要羞愧臉紅。

秀秀說：「沒錯，我們全班都看過那艘擱淺大船，還發生恐怖『海岸咖啡』事件，嚇死人。它被拆了，眞可惜，哎，是不是不能不拆了？」

林棟追問：「爲什麼很恐怖，我們怎不知？」

有驚無險的「海岸咖啡」事件，秀秀和梅都沒再提起，這驚險遭遇，全班同學竟也這麼就淡漠了，沒人刻意去回想，去做省思。也許，驚嚇或災難的規模超過平常經驗太多，大家反而要這樣遺忘；反過來，被再三提起的一些人或有些事，也許都是平凡家常的離合悲歡吧？

拉芙爾還要解釋：「眞有一個英俊的年輕人，幫我帶路，哦，不，應該說兩個。」

梅點頭，對波潮推湧的大海說：「我相信。他回來了，回來就好，沒太慢回來就好。他覺得該聯絡就會聯絡，他覺得該回家就會回家。沒事了，我們回家去吧。」

拉芙爾還在用她的三七五話語叨叨說：「他們兩個帥哥陪我走到這堤防，一個走到那尊石像那裡就回去了，我想起來了，他說他叫曲品誠。另一個喜歡咬指甲的年輕人，陪我去搭巴士的帥哥，哎，他應該有個名字，怎會想不起來？」

林棟問：「是不是叫方向？他好像不算帥哥。」

「好像沒聽過……」

梅想著：《二十世紀最後的夏天》遺漏陳穎川爲拉芙爾驅靈招魂的畫面，或許可惜；但缺少「消失的巨輪」這一段，能說是個遺憾嗎？

遺漏和圓滿、缺少和完好的看待，眞是因人、因事、因時而不同。特別是一切不能從頭再來的無奈，這想法竟也能撫慰人心，是這樣吧，偷喘一口氣，心境便有了一方明朗。

第十四章　浮光掠影唯有情感能定格

梅的老爸，似乎在三星拱照村越住越習慣，從羅東的家運過來的日常用品和衣服，越搬越多，越帶越周齊，擺明了短期內沒搬回去的意思。

他的全新旅行車又接不少生意，載送出國的客人往來中正機場和宜蘭，忙起來，一天到機場三趟，日夜作息都不是常人習慣。

阿凱機伶，牠看梅的老爸清早出車或半夜歸來，都不吠叫，老爸讚歎說：「我出門，阿凱送到大樹腳，送到不見了才回去；我回來，牠聽見車聲才進庄頭，牠又奔到大樹腳搖尾歡迎。要是請牠吃罐頭牛肉，牠大概會自願隨車去載客，我開車就有伴了。」

想到老爸一個人，在暗夜的北宜山路和車流咻咻的高速公路往來，這樣的工作勞累、危險也寂寞，但其他人能幫上什麼忙，分擔什麼疲倦？一夥年輕人曾表示「自願隨車去載客」，林楝更提起好多次，是老爸不肯：「我空車去，滿載回來；要不就客滿出發，又空車回來，你們怎麼跟？有你們關心，我就覺得很幸福了，再苦、再累也值得，也會特別注意安全。哎，我覺得你們都長大了，都懂得關心爸媽，關心自己以外的人。」

「要是媽放假，就請她陪您跑車。」林楝說。

「她上班也辛苦，放假要休息。要是我們在車上說著說著吵起來，把客人嚇傻怎麼辦？」爸笑說。

「你們現在很好了，不會的啦！」林楝說：「爸，我跟您講，您應該去跟媽睡一個房間，這樣比較好。」

「這樣可以嗎？要是被趕出來怎麼辦？」

「簡單地辦，離婚也可以再結婚，同一組人更好。您要勇敢一點，你們又不是沒一起睡過，對不對？」

「對是對啦，不過太久沒這樣，還要看人家同不同意。」

陳穎川突然說：「一錢，二緣，三婧，四少年，五敢，六好膽，七皮，八迷賴①，九跪，十姑成②。」

林棟問：「什麼意思？好像很有威力。」

陳穎川說：「阿叔會懂。」

梅的老爸說：「穎川仔，你還懂得真多，誰教你？」

「從小就有人這樣講，那些羅漢腳（單身漢）講得最順。」

「這招是不錯，不過，我不是羅漢腳也不少年，合用嗎？有效嗎？羅漢腳若有效就不會直直講。」

林棟聽得似懂非懂，也敢跟人湊熱鬧，說：「沒試怎知有效無效？爸，好膽一點，媽又不是外人，你又不是沒經驗，去啦，怕啥？」

梅、珍珍大姊和秀秀聽得想笑。她們直看老爸沉思良久，又說：「講得也對啦。」終於忍不住大笑起來。

這一天，梅的老爸難得不出車，老媽也休假，阿公想去顯微宮廟口找老朋友，特別指定要梅的老爸和老媽作陪。

「這樣妥當嗎？」老爸頭皮發癢，搔不停：「廟口那麼多人駐守，若看來問去、說來講去，我要怎麼回應？」

「什麼駐守和回應？又不是相親給人看子婿，棟棟說得最對，『好膽一點，又不是外人』。」阿公說：「主要是這樣，你夫妻陪我去顯微宮，你幫我爬去神案頂，量看看三界公的嘴鬚有多長、多旺，我這嘴鬚，還缺多少才夠祂們換新。」

林棟說：「阿川哥和我爬得更快，我們也要去！」

梅喊他：「棟棟！」又對他咬耳朵：「你們當什麼電燈泡？」

「啥意思？」林棟不是裝得像，就是眞傻。

「好呀！車位還很空，要去就統統去吧。」老爸是怎麼了？還眞像平生第一次相親的小生，怕人問、怕人看，要帶一隊人馬去壯膽。這時，三合院稻埕外來了一輛小卡車，滿載一車的黑皮甘蔗，沿路用麥克風叫賣。老爸說：「買一捆，幫我送上旅行車，我們載去廟口啃。」

一枝手腕粗的黑皮甘蔗，長三公尺，一捆至少三十枝，這要動用多少人，才啃得完？

別說廟口那些老人，鬆動的老牙或裝飾性的假牙對付不了這些黑皮甘蔗；就算林棟和秀秀這些少年人的牙齒，夠硬夠牢，可他們咬撕堅韌如青竹的蔗皮，啃嚼吮吸蔗肉粗糙的纖維，能讓全套作業一氣呵成，嘗到甘蔗甜美的滋味？恐怕沒幾人有這種非凡的實力！

甘蔗小販問說：「要幫你們搾汁，還是要削皮？」

老爸都回說：「免，若有可能，借我一把甘蔗刀，看我到廟口展功夫。」

剖個透枝甘蔗展功夫

果不然，這一捆黑皮甘蔗，把顯微宮廟口的十多名老人和小孩都難倒。林棟抓住陳穎川直問：「就這麼帶皮生生地啃？從哪裡啃起？好，你說你啃得不要啃，那你先啃給我們看。」

老爸搬來一張長條椅，往廟口正中的香爐外一放，他高舉雙層鋒刃的甘蔗刀，站上長椅，姿態威武而怪異，有點像乩童的架式，讓人看得眼睛一亮和害怕。

「也不年輕了，還來這一套。」老媽說：「再摔一次，肋骨就全斷了。」

老爸挑來一枝挺直粗大的黑皮甘蔗，讓它豎立板凳前。甘蔗刀的刀背擱在甘蔗尾頂，他問陳穎川：「你會剖甘蔗嗎?剖得準嗎？」老爸靜止不動，停五秒，突將刀背翻面，一刀直剖下來。黑皮甘蔗準準剖成兩半，他順勢跳下板凳，一剖到底，另一手握住剖開的甘蔗，再攤開，亮出白皙皙的蔗肉，說：「透枝剖[3]！」

廟口老人看得叫好，「好功夫，剖透枝，呷免錢。」他們看得站起來，又走近。一位至少八十歲的老阿公說：「這一手功夫眞好，跟我少年時差不多，誰好心幫我挑一枝甘蔗，我也來展個功夫。」

梅的阿公睜開盲眼，也交代：「剖甘蔗，我在行，你剖過，輪到我。誰人好心牽我上椅條[4]?其他的我自己來。拉芙爾和陳穎川牽我最穩當。」

其他老人被引起興致，或被梅的阿公的勇氣強烈激勵，紛紛表示「這招少年時代的功夫原在」。他們說到做得到，隨即蹲下，各挑揀一枝配合他們功夫的黑皮甘蔗。

梅的老媽這下子慌了，老人上陣怎得了?!

她看林棟露出崇敬的眼神，傻乎乎地笑，又摩擦雙手，擠在長板凳邊，一副熱心過頭又不知輕重的樣子，喊他：「棟棟，沒叫你去扶誰！先讓陳穎川試試，你慢一點。」

陳穎川聽命行動，他招呼拉芙爾，各扶阿公一隻手臂，就要上場。梅的老媽看得幾乎嚇暈過去，「你們作啥？穎川！我是說你上去剖甘蔗，誰叫你去扶阿公？你們還眞的要讓阿公爬椅子？」她拍開兩人的手，趕緊扶阿公回座。

林棟、珍珍大姊和秀秀大笑。林棟說：「啃甘蔗還有這麼好玩的遊戲，不早講。我認爲，我們每個人都應該上去剖看看，要不然，這一大捆甘蔗，啃到牙齒掉光也啃不完。我認爲，阿公很想試一下。大家一齊來幫他，一直阻止老人家做很久沒做又很想做的事，好像不太好。」

梅的老爸說：「長幼有序，讓前輩先來，少年的再一個個上，我們這麼多人，還怕保護不起？我站前面扶甘蔗，珍珍和秀秀姊妹站去板凳兩邊，穎川和棟棟在選手背後備便。梅梅？梅梅就負責錄影，錄生動自然一點。」

阿公和廟口所有老朋友開心極了，都笑開了。

林棟說：「還有媽媽呢？」

「對！媽媽就當總指揮、總評審，評看誰剖得最俐落、最透枝。」老爸說：「媽媽年輕時，也是剖甘蔗的一把好手哩。」

「我看你才是總指揮！你可以指揮得大家平平安安，指揮得不用叫救護車嗎？」老媽披散頭髮，似乎要翻臉了：「你怎麼老是想到什麼就做什麼？怎不會想想它的後果？半點都沒改。」

「大家難得開心，快樂一下有什麼？」老爸還是皮皮地問大家：「我們都準備好了，對不對？」

珍珍大姊趕緊摟住林媽媽手腕，甜滋滋說：「我們密切注意，不會出意外的，阿公好久沒這麼歡喜，我們一齊幫他。」

梅從攝影機的觀景幕，看見阿公被一群人攙扶著。他笑咪咪的臉頰，給白髮和白鬚襯托得更加酡紅。阿公沒喝酒，他踩踏矮板凳跨上長板凳的腳步，因謹慎、因興奮，而顯得不穩，可再眼拙的人，也看出了阿公打心底的歡喜。

陳穎川和林棟扶阿公雙臂，拉芙爾在後爲他撐挺，老爸和老媽在長板凳前守護，珍珍大姊和秀秀站在長板凳上接應。這陣勢，看了眞讓人心頭揪緊，感動得想笑起來。

老爸將一枝黑皮甘蔗豎地，珍珍大姊將甘蔗刀遞給阿公，幫忙將刀背擱在蔗尾頂。阿公伸長手臂，睜著盲白的雙眼，笑說：「放手吧，妳們抓我的手，我怎麼剖？」

阿公的老朋友們，圍了半圈，說：「茂賢兄，你要剖就剖準一點。廣告都打出去了，又有人錄影，你剖甘蔗的功夫留給百年後的人做示範；甘蔗若剖不準，架式也得捉得穩，氣派要給他展出來。」

甘蔗刀背在豎立的蔗尾點三下，阿公挺胸閉氣，架式英勇而專注。他突將刀背反正，一刀剖下，吐氣大叫一聲呀，黑皮甘蔗裂地從中剖開，剖到長板凳同高。梅的老爸接住甘蔗刀，順勢一剖到底，判定：「剖透枝啦！」

阿公歡喜極了，直問：「有影（眞的）？有影？」

兩段式的一氣呵成，也能博得在場所有人熱烈掌聲，高度振奮人心。老阿公們一一踩上板凳亮相、展功夫，護衛隊員們的身手，經一再施展，越俐落安穩。

剖甘蔗要剖透枝，其實也不容易。一捆黑皮甘蔗只剖了六枝透枝的，這還是陳穎川連剖三枝，才掙出來的成績，其他有剖一半的和剖得甘蔗刀被夾住的，但每個上場的人都開心，即使屢剖屢歪斜的林棟，不甘願地摧殘了七枝黑皮甘蔗，也一路笑不停。

梅的老媽給觀衆的一再催請，怯生生、羞答答、不甘不願地被林棟和陳穎川牽上長板凳。林棟爲媽打氣：「不要怕，不會剖到手，剖歪了也沒關係。我都剖成這樣，沒人會笑妳的，不要怕！」

老爸聽得大笑，沒表意見。他將甘蔗刀遞給老媽，站去一邊，連黑皮甘蔗也不幫扶。

老媽握刀，輕輕一剖，順勢跳下長板凳，一枝黑皮甘蔗給從中剖了透枝，裂的一聲到底。

「這太神奇了，運氣這麼好。」林棟看老媽沒擺什麼架式，沒瞄準，也沒費什麼力氣，就這麼剖透枝，他看得不信，請老爸再給老媽來一枝。

這一回，老媽還是不吭聲。她一腳站上長板凳，一手接過一枝黑皮甘蔗，又一剖，身手輕盈地跳下去，又是一個剖透枝！

「再來一枝！」

老媽連剖三枝，枝枝乾脆俐落的剖透枝。一次成功也許是好運，兩次成功也許是巧合，接連三次成功肯定是堅強的實力，老媽發表的成功感言是：「大家歡喜就好。」又說：「剖這麼多甘蔗，只好請老闆幫忙搾汁。」

林棟剖甘蔗不順手，直接飲甘蔗汁還不甘心，他挑揀了一把奇形怪狀的甘蔗殘骸，說：「我要用啃的！」他去拉陳穎川作伴，纏他教啃甘蔗的方法。

所有剖甘蔗的老手和新手，不管展現的功夫能看不能看，個個都歡喜開心，也果然沒人向梅的老爸「看來問去，說來講去」。梅的老爸剖甘蔗的功夫好，他設計的同樂節目，也算高招：他閃躲了尷尬，衆人獲得了歡笑。

電話鈴響，廟口的老阿公們同時摸索腰帶，最後判定，是梅的老爸手機來電。

賣甘蔗的小卡車又來了。一捆黑皮甘蔗剖成這樣，怎麼削皮搾汁？梅的老媽忙喚年輕人抱甘蔗去廟旁洗手台洗淨，說：「蔗皮不澀，連皮搾汁也可以。」

林棟、珍珍大姊、秀秀和拉芙爾，跟著陳穎川啃甘蔗，他們寧可端了小板凳，圍坐成一圈，中央放著甘蔗攤販丟蔗皮的竹簍，就這麼啃嚼起來。

梅的老媽端來的甘蔗汁，他們不喝，看得她搖頭：「年輕人怎麼都一樣？也好，練練牙齒的力道，免得以後想啃，啃不動。」

他們圍坐不久，一群螞蟻爬過來了，螞蟻們迂迴探巡，走過他們腳邊，鑽靠進裝蔗渣的竹簍。陳穎川說：「陳輝少爺常說：『桌頂若無一點仔甜，狗蟻就𣍐倚來⑤』，陳輝少爺在叭哩沙種甘蔗、設糖廍，召集各路遊民來開墾。除了工資照發，每人在年節還可領得稻米一百斤、赤砂糖五十斤、醃臘肉三十斤，給每家每戶做粿好過年，陳輝少爺連青瞑或跛腳的人也收留，讓青瞑的人編竹籃，跛腳的人做小工。」

生活的版本如何剪輯

梅拍攝的《二十世紀最後的夏天》紀錄片，太多口述、表露或旁白。第一次拍片的她，沒經驗也沒什麼概念，可也覺得不妥，紀錄影片的影像和聲音若不相稱，只有少少的畫面和一大把、一大串的談話，那不成了錄音帶？

《二十世紀最後的夏天》已拍攝將近一百小時帶子，將來要不要剪輯？剪輯要設定什麼主題？確定了主題，那它的許多意思不也被單一固定了？這對其他意思也就不公平、太可惜了。

那就訂定各式主題和副題，剪輯成多個版本吧。

這些版本要剪到何年何月？憑自己這一點經驗和概念，會剪出什麼來？

梅想起去年秋天，全校女生時興剪紙，人人一把刀、一疊色紙和一群人包圍一只垃圾筒，那風靡的盛況實在滑稽。她給人起鬨，拉坐圍圈，秀秀多事，幫她備妥一套剪刀、鑷子、美工刀之類工具，又兼任技術指導，偏不給模型圖案。「她們那樣剪法哪對？永遠都不進步，該像我這樣，想剪什麼，就剪什麼。」秀秀說：「這樣的作品才有自己的創意，才會有意思。」

秀秀說法有道理，梅也願試試。她拿起色紙，下手剪去。可心頭沒主張，手也亂了，越剪越不成形狀，倒是紙花紛紛飛飛，撒了一地，撒成好看的圖樣。

紀錄影片的剪法，肯定不能這麼天女散花地滿地撿。分類技術之外，恐怕先得有主張、有創意，才會有點意思。

該有什麼主張，生什麼創意呢？

又不想公開發表，也不當作業繳交，何必傷腦筋剪輯。

或許被攝影的人想看呢！至少林棟和秀秀非看不可，爸媽和阿公也許會問起。這將近一百小時的帶子怎能隨手抓來隨手放影，恐怕看不了幾小時就讓人頭暈，等全部看完，在雨水豐沛、氣候潮溼的宜蘭，多半的帶子都發霉了。

梅想得一怔，陳穎川的影像最多，他愛看不看，都該讓他看一看，看看透過別人的眼睛所選擇的鏡頭，會是哪一款形象。

《二十世紀最後的夏天》紀錄片，會完成什麼版本，梅其實不是太在乎。這一段拍攝過程，透過攝影機觀景窗，對於眼前事物和人物的往往來來，她彷彿多看一層，隱約多想一回。有些片片段段的再也拍不到的往事，浮現了，自動剪輯到眼前的影像裡，是那樣流暢、優美而完整呈現，這些自動組合的影像，隨時可變換版本，再細想，也有它們個別的主題。

銅鑼小幽浮接送異鄉人

《二十世紀最後的夏天》終於記錄到飛碟降臨望天丘和離去的完整畫面。

那天，羅東運動公園內仍是微雨飄飛，雨絲落一陣、歇一陣。豎立在兩排白蠟樹間的水銀燈，把夜黑後的中央軸道，照得一片青幽幽，只不見一個遊人。

梅騎雙輪腳踏車，陳穎川騎他的單輪孔明車，他們穿過長長的中央軸道斜坡，繞過望天丘下的仙丹花叢。梅騎不上曲折小路，將腳踏車放下，陳穎川的單輪孔明車卻格外有勁，他一手舉傘，一手調控平衡。

梅從紅背包取出攝影機。

陳穎川向著望天丘的大斜坡騎去，身影更加高大。

梅又看見望天丘西北方的萬長春水壩夜空，閃出一道白光，騎單輪孔明車的陳穎川後頸髮根下，也回應似地閃爍粉紅微光。

梅從攝影機觀景窗看見萬長春水壩夜空白雲湧動，陣陣閃光破雲而出，留下一輪輪光暈。

這次，她不再去攔阻陳穎川，尾隨在他身後，舉著攝影機跟上望天丘頂，拍攝他身手輕巧滑進望天丘的大碗山谷，看他在谷底盤旋環繞，像等待家人來領回的失蹤兒。他彷彿已收到家人自遠方趕來面見的訊息，在幽暗谷底畫出團團的紅圈。

那群一大、三中、三小的銅鑼幽浮果眞出現了。

還是那樣，它們嘶嘶地低鳴，比蟬聲微弱，在萬長春水壩半空，超級大幽浮居中，三架中幽浮在後守衛，三架小幽浮在前，排成很有威力又好看的箭頭陣勢，雲層向八方翻滾、急速湧動，在夜空掀開一扇圓形天窗。

棒球場和田徑場那頭的燈光忽然熄滅。梅趁勢溜下大碗形山谷，蹲縮在排水洞口正中，想了想，不妥，又悄悄移到側坡下。她半身側躺在草皮，舉著攝影機往上拍，角度涵蓋整個圓形谷口。

陳穎川恍如是個夢遊者，根本忘了梅的存在，他只顧騎單輪孔明車盤轉，一圈又一圈。

望天丘頂飄來一只幽浮，正中停住，幽浮腹肚中心射出一道水銀光束，抵住谷底排水孔，亮滑的圓邊又射出六道黃色光柱，如六根斜柱，撐在丘頂邊緣。

如乾冰的流煙飄散下來了，是陣陣沁涼的水霧。嘶嘶低鳴，比電線杆頂的變壓器響亮，讓人全身寒毛直豎，不是害怕，是靜電效應吧？

有人開懷狂笑。是陳穎川的嗓音，她可以萬分確定。幽浮腹肚中心的圓筒形水銀光束緩緩收回，騎單輪孔明車的陳穎川，彷如有輕功的俠客隨光束飄浮起來了。他仰頭挺身，踩空輪，不見慌張，更見優雅。

這離別的樣態，又意味了什麼？

陳穎川連起碼的揮別也如此輕飄飄，心中還有依依不捨？這種一心要離去，無半絲情分的人，拍他作啥？他這回急匆匆趕來望天丘，說是又收到幽浮來臨的訊號，一種強烈的預感。又說不讓阿公、爸媽、林棟和珍珍、秀秀姊妹知，就這樣走得不清不楚、不明不白，像他來時無聲無息、無頭無尾，眞傷腦筋啊！

梅將攝影機放下，眼看陳穎川那歡喜、優雅地騰空而去，彷如看電影裡吊鋼索的俠客，再飄逸，也有三分假。她忽然想起一句話，忘了是秀秀或林棟說的「情到深處轉爲薄」，人的情感，會這麼奇怪嗎？

才這麼想著，梅看見圓筒形水銀光束分裂兩半，陳穎川繼續往上升，在淡藍色的光束中上升，另一半粉紅色光束降下來了。

梅趕緊再舉起攝影機。

粉紅光束裡有個人，身手飄逸，緩緩下降。他手握一把殼仔絃，著現代服，他的服裝怎這麼眼熟？

啊！是他，方向？

梅放下攝影機，眼看方向和陳穎川在各自的光束中半空交會，梅舉起攝影機的雙手竟抖顫，方向帶回了陳穎川遺留在飛碟的殼仔紘，他該在半空交還，兩人卻相視一笑，也不知交接！

梅叫喊：「方向，殼仔紘是他的，還他！給他！」卻叫不出聲。陳穎川有那麼奇奇怪怪的第六感，有那麼靈敏的心電感應，怎感受不到梅在谷底的吶喊，他竟朝方向舉手致意，也就是林棟常做的兩指在眉梢彈動的手勢，他腳踩單輪孔明車，騰空而上，這手勢格外帥氣。

方向當然也懂得這手勢，其實，那不就是林棟學他耍帥的嗎？

兩道光柱一上一下，像極煙氣氤氳的透明玻璃柱，光彩柔和而又澄淨亮麗。陳穎川走了。

梅從攝影機觀景窗看見，幽浮的肚臍小門，像攝影機快門的複合葉片，一旋轉就閉合，一扇薄亮圓門推過去，幽浮的腹肚又是完整光滑的一面圓弧銅鑼。

銅鑼小幽浮像隨風上捲的紙片，急速上升又輕巧後退，它該看見梅和她的攝影機，可它始終不理會。

注釋：

①糾纏不放，賴皮。

②拜託、請求。

③從頭到尾剖開。

④長板凳。

⑤桌上若無一點甜食，螞蟻就不會前來。

餘音——望天丘迴旋曲

◉篤信藏傳佛教密宗的攝影師小楊，在羅東運動公園入口觀天下大廈頂樓，任社區電台夜間播音員，二〇〇〇年六月二十七日十時半，曾攝得一組不明飛行物降臨公園上空照片，影質清晰，炫麗異常。小楊同時指明，該組照片由焦點沖印公司全程沖印。

◉噶瑪蘭攝影學會資深大老方雙吉博學學士，以放大鏡審查小楊所攝「所謂不明飛行物」，專業擔保指稱：該組照片爲電腦合成。並表示小楊執迷宗教，「頭殼怪怪」，不宜輕信；同時展示他製作的北極光作品，因器材精良，較之炫麗十倍。

⊙焦點沖印公司玉秋店長慣常以微笑回應有關不明飛行物之求證；無意證實或否認。玉秋店長世居叭哩沙槍櫃城，對陳輝少爺史事存疑，有關陳穎川在城仔的兩月走動，亦表純屬私事，不予置評。

⊙林梅的阿公迄二〇〇五年元宵仍健在，所蓄留鬍鬚不足爲三界公換新。目前常在阿里史顯微宮走動，萬分思念遠來鄉親陳穎川，對他不告而別深不諒解。

⊙北管福蘭社起家團隊的槍櫃城北管樂團，已恢復練習，惜人數過少，尚不能出陣演奏。二〇〇三年曾與宜蘭監獄煙毒受刑人合作爲重金屬藝文團隊，反應頗佳，成效看好。

⊙林梅的爸媽於二〇〇三年中秋再度結婚，由林梅和林棟任花童，在槍櫃城大樹席開十六桌宴請親友。

⊙林梅於二〇〇三年推薦甄試入學台中東海大學中文系就讀。個性開朗活潑，積極熱心，各社團全力拉攏。

⊙《二十世紀最後的夏天》紀錄片經林棟轉錄爲光碟保存，並與珍珍和秀秀姊妹剪輯出十個版本，分別爲：穎川記事篇、天外來客篇、軼聞講古篇、爸媽離合篇、阿公鬍鬚篇和拉芙爾篇、秀珍姊妹篇、棟棟阿凱篇以及我的家庭篇、槍櫃城故事篇。各版本層疊交錯，互補互輔各約一百分鐘，條理眉目尚可更清朗、剪輯過程、旁白配樂和鏡頭穩定度還有很大進步空間。

⊙簡珍珍的博士論文《十九世紀蘭陽平原溪南開發史與台灣移民分類械鬥之研究》於二〇〇三年七月審查通過，獲法國巴黎第八大學歷史學博士學位。

⊙簡秀秀全家及林梅一家四口專程赴巴黎參加簡珍珍博士學位頒授典禮，並由簡珍珍任導遊，暢遊陽光之地普羅旺斯，並在亞維儂參觀才藝精湛的藝術節，飽嘗法國中南部人文之美與傳統料理風味。

⊙林棟於二〇〇二年就讀宜蘭高中，每日騎腳踏車過葫蘆堵大橋，轉員山，風雨無阻到宜蘭上學。目前身高一八二公分，體重八十三公斤。

⊙簡秀秀於二〇〇三年考入花蓮慈濟大學傳播系，爲該校最活躍社團「蘭友會」新銳會長，擅長調製「太平洋金棗咖啡」，風味絕佳，與一莊姓男友感情穩定發展。

⊙拉芙爾於二〇〇一年三月任期結束，返回菲律賓馬尼拉，擔任導遊，是接待台灣旅遊團最出色人選。精通台灣國語和河洛語（宜蘭腔），每每獻唱台灣歌謠及歌仔戲段子，博得遊客激賞，所獲小費十分可觀。曾於二〇〇四年七月返回宜蘭三星參加蔥蒜節，代表菲律賓農業部爲草根大使。停留五天，皆住阿公家西廂房老房間，仍慣習服侍阿公。

⊙陳穎川所使用殼仔絃，連同羅東福蘭社汰舊換新的木雕燈凸、彩牌、八仙頭旗、龍鑼桿、鼓架、刺繡帥旗和放置點心茶水的「春盛」，目前存放冬山河畔國立傳統藝術中心。

⊙再次接走陳穎川的飛碟，放回的並非方向，此一年輕人在落地後，翻越望天丘山谷，去向無蹤。方向迄今下落不明。

⊙許花末老師在二〇〇一年六月和未婚夫結婚，二〇〇四年九月調至台南興國中學任教，育有一男一女。

⊙飛碟降臨羅東運動公園一事，信疑者參半。懷疑者強調眼見爲憑，照片爲證亦可。運動公園導覽志工阿崑，向以機伶活氣著稱，對慕名遊客再三追問，不勝其煩，特自製告示牌一面，正寫「天問」，反寫「望天」，以代答詢。

⊙叭哩沙文教基金會執行長黃瑞祥，於二〇〇二年七月策畫「陳輝在三星」學術研討會，無人送交論文而流會。同年八月在槍櫃城舉辦踩高蹺和單輪孔明車製作與競賽，結合冬山河親水公園國際童玩藝術節配套活動，報名團隊達四百三十二組，但與會子弟並不知緣起及歷史意義。

⊙簡珍珍透過最新戶政網路，查出陳穎川弟妹下落：敬江於羅東、清河在花蓮、寶釵嫁去鶯歌、寶簪出家后里毘盧禪寺、文泉移居台北大龍峒、寶惜嫁去南方澳、小弟雲山十歲在天送埤遭蛇咬死。七弟妹於一九二〇—一九四〇年代去世，第二代皆已是七十歲以上老人，第三代則散居各地，在上海經商者至少五人，對陳穎川失蹤一事，無人明白。陳穎川神主牌供奉於陳敬江後代之桃園新宅；第四代子弟亦有一名穎川，任教龍潭國小。

⊙二〇〇三年二月十七日，林姓蘇澳鎮民捐出鐵丸三粒，每粒淨重五公斤，據稱撿自砲台山下懸崖，爲陳輝少爺所用之炮彈。

⊙澎湖子弟張子樟於一九五七年在馬公中學校園大掃除，掃出一具來路不明遺骸，經法國外交部以其衣著配飾和勳章研判，即爲在基隆獅球嶺戰役遭叭哩沙陳輝少爺義勇團炮擊傷重捐軀之烈士——法國遠征艦隊長孤拔。

⊙羅東士紳耆老林松年公開駁斥：羅東除夕雪夜焚城一事不

實，所謂南門橋亦不曾存在，羅東中街街尾（第一市場一帶）傳爲墳場，更爲無稽之談，不值一哂。

⊙台北關渡藝術大學學生研究羅東福蘭社沿革，於震安宮樓頂西秦王爺殿發現一堵寫滿法文木牆。某鈍器刻寫之文字，因透明漆剝落，更顯斑駁。經該校留法藝術博士邱坤良翻譯，大意爲：「思鄉是一帖痛入心肝的歌詩，想人是一條牽扯腹腸的針線……異鄉的孤女……馬賽港的波浪，正是流不盡的……」署名者是名喚貞德的姑娘。

⊙羅東博愛醫院急診部查無陳穎川就醫病歷。

⊙南方澳內埤海濱老住民黃清風表示：內埤海灣曾在一九八○年代擱淺一艘萬噸的巴拿馬籍貨輪，他參與拆船工作，歷時八十天。堤頂瞭望台海防守衛，曾多次目睹幽靈船泊岸。

⊙二○○三年二月，《叭哩沙陳輝少爺率義勇二千人參與蘇花公路開闢》之史料研究，由宜蘭縣史館出版。

⊙阿里史顯微宮老人組成進香團，赴花蓮富里參拜陳輝少爺廟，不知其廟何以遠離阿里史三百公里，對其眞僞起疑。

⊙內政部警政署公布，二〇〇二年全台不明失蹤少年，登記在案者達一千四百一十一人，少男少女各占一半。

⊙方向爸媽仍在中國廣東東莞經營鞋廠，不時以網路查詢方向下落。

⊙福爾摩莎飛碟學會經多方查證，於二〇〇二年春季號會訊以《羅東運動公園飛碟事件始末》爲專題，全版卅二頁彩色刊出攝影師小楊飛碟作品，並證實一切爲眞。

⊙壯圍鄉新南國小於二〇〇三年組成五十人單輪孔明車隊，勤加練習。該校位於陳輝少爺孔明車遠征軍所經之濱海路段。

⊙羅東運動公園望天丘因參訪人數過多，丘頂環山步道有崩陷之虞，於二〇〇四年元旦起限每日登頂人數爲一千人次。

（以上情節純屬虛構如有雷同應爲巧合）

到望天丘迎送陳穎川去！

兒童文學作家
傅林統

自由如意地穿梭於「時光隧道」，也具備「神眼通」，能看見過往的歷史情境，目睹現今的一切景色——這已不是神仙或巫婆家族的專利，而是每個喜愛想像、懂得思考的大人、小孩都可以享受的樂趣。《望天丘》正是引導你走上「時光隧道」，以神通慧眼一窺奇妙的史蹟和地球人生態的最佳指引書。

這指引書，就像林梅拍攝《二十世紀最後的夏天》紀錄片那樣，它「肯定不能像天女散花地滿地撿，分類技術之外，先得有主張、有創意，才會有點意思」。是的，作者正發揮了他的創意和獨特的主張，把紀錄片用心整理，使它呈現的面貌是「那樣的流暢、優美而完整」。

由於作者的用心，我們當然可以輕鬆愉快地欣賞這神祕而有趣的紀錄片，也就是儘可敞開心胸，到望天丘迎送陳穎川，隨他遊歷去。

陳穎川是故事的主角，這個奇特的、從外星水晶人那兒又回到地球的人物，是有他特殊的任務的。水晶人說：「在無盡的銀河往來，我們看過無數星球，寶藍色的地球，真是一顆美麗又蘊藏豐富的星球。我們想不通，有情的地球人怎有那麼多無情殺戮？幸運的地球人何以有那麼多相互踐踏的不幸？……我們眞不捨，才迢迢派一群你們說的外星人化身爲地球人……影響這美麗星球的幸運人……。」

水晶人又說：「被我們選定的人，個個是富有研究精神、也有被研究勇氣的人，他們將於某個時刻，在地球某個地方發揮關鍵性的影響力。」

果如水晶人所說的，這穿越時空乘坐幽浮來的陳穎川，看來眞是與衆不同，像斯文俊秀又身懷武功的某一路俠客，自從他來到，很多事情都起了變化。林梅說：「至少，因爲他，讓阿公的老家稻埕，難得有這樣的熱鬧。」

林梅是首先在望天丘發現飛行船載著陳穎川來，也載走方向的人，從此展開了一連串的故事。是繞著林梅的家人——離異的父母、外公、弟弟，還有同學方向、簡秀秀等人的故事。更奇特的有穿過時光隧道，來到陳穎川的過去，光緒十年間，法蘭西艦隊攻打蘇澳的故事。時間忽在從前，忽在眼前，有現今的人物、歷史的角色，有流行的時尚，有古物史蹟的探索。果然這紀錄片的內容千姿百態，無奇不有；還好，一切事物都在作者掌握中，他畢竟把故事寫得很有意思，處處隱約呈現陳穎川奇妙的「影響力」。

《望天丘》雖然複線發展，遊走在多元的時空，但在移入情感，陶醉在優美文字之時，可以很清楚地感受到，自己正繞著陳穎川的身邊探索著耐人尋味的謎底呢！

要了解陳穎川那撲朔迷離的身世，只好隨著故事的發展，聽聽他的自我敘述，也跟著他體會從前的歷史，那踩高蹺、騎單輪車的奇景，還有陳輝少爺帶著西皮樂團和五百壯士，擊退法蘭西艦隊，令人熱血沸騰的往事，尤其是他跟林梅一家人的互動，對他們一家三代的影響。

林梅一家人的分與合，是一齣充滿人情味的戲曲。父母離異的單親家庭、一對個性都很強的夫妻，只因意氣用事而離婚，但「藕斷絲連」，他們終於在陳穎川來了之後，也在阿公熱鬧的稻埕「破鏡重圓」了。

陳穎川也偶然發現遠渡重洋謀生的菲律賓女孩，望洋思鄉之情是那麼的殷切，人同此心，也就無形中影響著她跟雇主之間的互動，溫馨中呈現豐厚的人性。

從馬賽來的法蘭西姑娘——貞德，她的出現雖然短暫，但陳穎川是那麼懇切地護著她，幫她製作還鄉旗，也因她在一場誤會、一聲槍響中，還鄉夢破血灑海灘而扼腕歎息！

陳穎川和方向在地球和外星之間一來一往，方向的老氣橫秋、愛鬧、搞笑和調皮，表現的都是電子時代的少年習氣，可是卻與陳穎川這來自不同時空的人物，似乎有某種默契。

《望天丘》這故事的每個情景都是那麼的鮮活生動，在這裡我們看見許多感人的場面如：當林棟看見媽媽回到他跟爸爸的住處時，竟然興奮得像久別主人回門的小狗，滿屋子團團轉。也看見五百部單輪孔明車咻咻走，北管福蘭社的全套陣頭在造勢。貞德姑娘咬指染紅還鄉旗高喊：「法蘭西！法蘭西！」更看見青天霹靂，一場驚心動魄的「車禍」，然後又看見林梅和陳穎川的手，還有她爸媽的手，相焐暖、輕按摩的鏡頭。整個故事的描述，就是這麼的入微感人。

我們隨著林梅，也跟著陳穎川經歷了精采的故事，來回於神祕的時光隧道，踏進微妙的人性祕境，最後當然也要懷著虔敬的心，隨著林梅在望天丘送走陳穎川。這時我們會看著他的身影更加高大，在幽浮來時開懷狂笑，彷如有輕功的俠客隨光束飄浮，仰頭挺身，踩空輪，不見慌張，更見優雅！

送走了陳穎川，也讀完了《望天丘》，於是我們的心充滿了無限的遐思，卻也接納了無窮的智慧。就像故事中的人物受到陳穎川的影響一樣，從此我們也更有勇氣踐行人道，關懷地球，回應天罡星水晶人的腹語心音。

「故」事「新」編

——讀《望天丘》的一個角度

兒童文學研究評論家
張子樟

一

少年小說的書寫與成人小說是大同小異的。這兩類小說的內容與形式始終擺盪在傳統與創新之間。當然，照排列組合的說法，傳統與創新會有多種組合方式。李潼新書《望天丘》的內容與形式也同樣介乎傳統與創新之間。精明的讀者在翻開數頁之後，馬上會了解李潼的「戲法」：用科幻手法敘述一件正史上未曾登錄的往事。換句話說，這本書的形式是創新手法，但其內容卻在轉述（或詮釋）一件往事，一件可能曾發生過的往事。

或許讀者會質問：往事的重新詮釋不也是一種創新嗎？因爲新的詮釋常常借用新

的角度，內容又不離奇幻之事，舊事新包裝，志怪傳奇之說豈不是沿襲傳統？不論形式與內容和傳統與創新，不同讀者賦予不同的詮釋，頗有百花齊放、百鳥爭鳴的模式。當前暢銷的《哈利·波特》和《魔戒》亦復如此。兩本書中的奇人幻事雖不脫荒誕，但其敘述手法依舊遵循傳統模式。

二

如果與李潼的第一本歷史少年小說《少年噶瑪蘭》比較，我們可以察覺兩者一些不同之處。《少年噶瑪蘭》中的現代青少年潘新格回到過去，與祖先共處一段時間，全書主題在於略述噶瑪蘭族的衰亡經過。《望天丘》的陳穎川是「今之古人」。一百多年前，他被飛碟帶走。二十世紀末重返地球。「天上一日，地上數年」，他以十七歲的容貌，向鄉人敘述陳年往事：北管福祿派和西皮派樂工械鬥七十年的緣由；法蘭西艦企圖在台灣東岸登陸，慘遭擊退等，均是他再現人間的主要目的。等諸事底定，飛碟再現，接走陳穎川，故事中角色的未來是一大片空白，讀者可以盡情去揮灑、去填補。

歷史少年小說固然有所依據，但畢竟不是正史。如果以強調趣味性爲主，內容顚覆歷史也不爲過，因爲這樣的書寫還是不離「虛構」二字，是作者發揮想像力和創造力的最佳場域。讀者不必事事去求證，而影響到閱讀的興趣。我們看得出，李潼爲了寫這本書，費了好一番工夫去做考證工作；但把獲得資料串聯起來時，他卻不同於其他作家，他懂得篩選、歸納、綜合，尤其重要的是他捨得。先淘汰雜質，留下可用之材，然後在主幹上添加枝葉，終於成就一棵繁茂的大樹。

三

李潼筆下的台灣人，始終是族群意識相當濃烈的一群人。這本書沒有偏離他一向倡導的「新台灣人」理念。他關注的是「族群融合」這個大主題，因爲台灣再也沒本錢繼續械鬥、互相撕裂。當然，我們也看出，李潼甚至於要把消滅族群意識的想法，延伸到宇宙間各個星球的互動中。其實，讀者可能會覺得北管福祿派和西皮派樂工的械鬥七十年，和流落台灣的法蘭西少女貞德的冤死較具歷史感，因爲星球之間的互動是未來不可測知之事，幻想成分較高。陳穎川回到現實，主要在於現身，交代過去一切不甚清楚的往事。水晶人的喃喃自語反而成爲作者的夫子自道。

拋開書中某些荒誕情節（這也許是作者刻意添加的），我們細讀後，不難發現李潼在角色刻畫上的用心。陳穎川不必多說，多才多藝，書生典型。書中最搶眼的是梅的爸爸和外公。中年人離婚後的失落和盲眼老人的不服老，都可以在他們身上得到驗證。簡家兩姊妹和梅姊弟二人的描繪，確實合乎現代這種年齡層未婚女子和青少年的模樣，相當討好。全書中最模糊的是方向，這當然受制於其出場機會太少。

李潼筆下的人物一向充滿生命力，活蹦亂跳的。即使遇到逆境，他們絕不輕易認輸，又不忘隨時自我調侃一番。在這樣的角色塑造裡，他的作品自然形成一種難以抗拒的特殊風格，吸引讀者去閱讀，去沉思。他充分掌握了人性的善變，但不想深入挖掘，因爲取其精華，已經足夠展露他想要呈現的一切了。所以，陳穎川完成任務後，欣然重返飛碟，面對命運之神給予的。書中與他來往密切的不同年齡的角色，並沒有把他當「古人」看待。他的離去自然不會激起太多的傷感，因爲他們相信他依然活著，活在另一個空間裡，凡俗的生死早就拋至腦後了。

四

李潼的歷史小說，可以一本一本去細讀，也可以串聯式的精讀，不管寫實或幻想，都有其可讀之處，其中的樂趣全由讀者去尋找、去領悟。這篇導讀只不過是種閱讀感想，讀者可以參考，但如何去汲取其中精華，還是得用心逐字「悅」讀作品。

這是一本依據幻想結合現實的敘述模式寫成的好作品，是一本可以多重角度閱讀的作品。這篇導讀只是一個角度。

李潼作品集
望天丘

2012年9月初版　　定價：新臺幣240元

著　　者　李　潼
發 行 人　林載爵

出 版 者　聯經出版事業股份有限公司
地　　址　台北市基隆路一段180號4樓
編輯部地址　台北市基隆路一段180號4樓
叢書主編電話　(02)87876242轉213
台北聯經書房：台北市新生南路三段94號
電　　話：(02)23620308
台中分公司：台中市健行路321號
暨門市電話：(04)22371234ext.5
郵政劃撥帳戶第0100559-3號
郵撥電話：(02)23620308
印 刷 者　世和印製企業有限公司
總 經 銷　聯合發行股份有限公司
發 行 所：新北市新店區寶橋路235巷6弄6號2樓
電　　話：(02)29178022

叢書主編　黃惠鈴
編　　輯　張倍菁
校　　對　俞　珩
封面設計　蕭玉蘋
封面繪圖　閒雲野鶴

行政院新聞局出版事業登記證局版臺業字第0130號

本書如有缺頁，破損，倒裝請寄回台北聯經書房更換。　ISBN 978-957-08-4052-0 (平裝)
聯經網址：www.linkingbooks.com.tw
電子信箱：linking@udngroup.com

國家圖書館出版品預行編目資料

望天丘/李潼著．初版．臺北市．聯經．
2012年9月（民101年）．312面．
14.8×21公分（李潼作品集）
ISBN　978-957-08-4052-0（平裝）

859.6　　　　101017392